Hombres elegantes

y otros artículos

May '23

Dear Upper Jeanne

Mi querida Elizabeth,

Una vez me confesaste en pue Mosaic de Paris, que querías ser el Superman de los débiles. ¿No te acuerdas por yo m. Enhorabuena: lo estás consiguiendo muy poco a poco.

Siempre te venir a mini-vacaciones en mi vida, y desde luego esta vez has llegado para aguante.

Te deseo lo mejor y con mucho h.r,

100% Elizabeth

Milena Busquets

Hombres elegantes

y otros artículos

EDITORIAL ANAGRAMA
BARCELONA

Ilustración: «Top hats», Erté, © Sevenarts Ltd

Primera edición: marzo 2019

Diseño de la colección: Julio Vivas y Estudio A
© Milena Busquets, 2019
   Publicado de acuerdo con Pontas Literary & Film Agency
© EDITORIAL ANAGRAMA, S. A., 2019
   Pedró de la Creu, 58
   08034 Barcelona

ISBN: 978-84-339-9873-6
Depósito Legal: B. 4365-2019

Printed in Spain

Black Print CPI Ibérica, S. L., Torre Bovera, 19-25
08740 Sant Andreu de la Barca

PRÓLOGO

Empecé a escribir artículos en la prensa al poco tiempo de la publicación de mi segunda novela, *También esto pasará*. Tenía claro que a pesar de las presiones externas e internas tardaría unos años en ponerme a escribir de nuevo. Entre el primer libro y el segundo habían pasado siete, y no veía razón alguna para acelerar ese proceso largo, solitario, complicado y a ratos incluso feliz que supone la gestación de una novela.

Mi editor español, Jorge Herralde, tal vez intuyendo mis nulas intenciones (y capacidades, ¡qué más quisiera yo!) de convertirme en uno de esos autores que escriben un libro cada dos o tres años, me aconsejó que aceptara la propuesta de colaborar con un medio escrito, era un modo de seguir practicando la escritura, de mantener cierto ritmo (iba a ser una colaboración semanal) y tal vez incluso de dar con ideas para la siguiente novela. Como (casi) siempre, le hice caso.

No creo que haya libros menores. Me parece, por poner un ejemplo, que *Las pequeñas virtudes,* un escueto volumen de artículos de la extraordinaria Natalia Ginzburg, es, junto con *Querido Miguel,* su mejor libro. Escribo los artículos para la prensa con el mismo impulso, la misma pasión y la misma lógica con que escribo las novelas, algunos son una respuesta a la actualidad cuando esta me irrita o me indigna, otros son reflexiones más atemporales y cotidianas.

Intento no aburrir y no aburrirme (en el mundo en que nací, un mundo que ya no existe, aburrir al prójimo era el peor de los pecados), intento no repetir lo que dice todo el mundo (mi madre siempre decía: «Escribe lo que solo puedas escribir tú»), confieso que a veces intento también chinchar y molestar un poco, pero solo un poco, y solo a los biempensantes y a los puritanos de nuevo cuño. No escribo para hacer amigos ni para congraciarme con nadie, ni para sentar cátedra. Una vez un amigo me dijo que escribía «de mi tiempo y contra mi tiempo». Eso me gustaría. Y, como todos los escritores, intento sobre todo no traicionarme, ser honesta.

Quisiera dar las gracias a mis editores de Anagrama, Jorge Herralde, Silvia Sesé e Isabel Obiols, así como a mi editor catalán, Joan Carles Girbés, por su inestimable apoyo, paciencia y entusiasmo sostenido. A mi incansable agente, Anna Soler-Pont. Y a Enric Hernández, el director de *El Periódico,* que supo esperarme, que me dio absoluta libertad para escribir siempre sobre lo que me diese la gana, que me prometió que jamás se tocaría ni una coma de mis textos (los escritores somos un poco quisquillosos con eso) y que lo ha cumplido. Sin él, este libro no existiría.

Barcelona, enero de 2019

1. El mejor baño del verano

NADA DE PERDER EL TIEMPO
(El País, 6 de julio de 2015)

A partir de cierta edad y de unos cuantos muertos, lo único que hacemos es huir de los fantasmas. Primero tuve que convencerme de que mi madre no se había convertido en uno. Durante unos días, estuve secretamente convencida de que un gato negro que había visto desde la ventana, un día que me levanté a beber agua a las cuatro de la madrugada, era su reencarnación. El gato estaba inmóvil debajo de una farola y me miraba fijamente. Finalmente llegué a la conclusión de que no debía de ser mi madre porque:

1. Nosotros somos una familia de perros de toda la vida. Yo, una vez, como acto de rebeldía, recogí a un gato abandonado, y al cabo de pocos meses se tiró, literalmente, por el balcón (no se mató, pero nuestra relación ya no volvió a ser la misma, ahora vive con mi ex. La unión hace la fuerza). Mi madre, después de llorar un rato, por si acaso se había muerto el gato, me dijo: «¿Ves como no se pueden tener gatos?»

2. El gato no regresó. A la noche siguiente, me puse el despertador a las cuatro y estuve esperando, mirando por la ventana, pero no vino nadie. A las cinco volví a la cama.

Mi madre tenía muchos defectos, pero la impuntualidad no era uno de ellos.

La segunda señal inequívoca que tuve de que no se había convertido en un ente sobrenatural fue un día mientras charlábamos (imaginariamente, claro). Yo me lamentaba de echarla de menos y ella me decía que me dejase de tonterías, que la vida me iba muy bien y que era de pésima educación ser tan desagradecida. Al final me dijo: «¿Qué más quieres?» Y yo: «No sé, algo.»

Y justo en ese momento exacto recibí un mensaje de un tío que no es que me gustara muchísimo, pero bueno, y pensé: «¡Ah! Esto sí que es una señal, me está diciendo que este tío, a pesar de tener las manos pequeñas y de ser un pelín cursi, es el hombre de mi vida.»

Entonces le respondí con gran entusiasmo (no del modo despectivo habitual) y nunca más me volvió a decir nada, ni una palabra. Y aunque todos en mi familia tenemos cierta propensión al sadismo en las relaciones (resultado, creo, de ver tantas películas de Ingmar Bergman), mi madre nunca me habría lanzado a los brazos de un hombre cursi. La crueldad tiene un límite.

En fin, me voy corriendo a recoger a mi hijo a clase de ukelele. Este verano vamos a hacer cosas útiles, nada de perder el tiempo como cada año.

LAS SEGUNDAS VECES
(El País, 3 de agosto de 2015)

No me interesan demasiado las primeras veces, creo que están sobrevaloradas. No recuerdo más que muy borrosamente el primer beso (pero sé que llegó muchos años después de las pruebas de besos con lengua con mis amigas en el patio del Liceo Francés, muertas de risa y de asco), el primer polvo, el primer amor, la primera vez que pisé Venecia (demasiado joven para haberlo ni siquiera deseado). Para alguien precipitado y suertudo como yo, las primeras veces casi siempre llegan demasiado pronto. La primera vez para un niño, incluso para un adolescente, no significa nada porque uno piensa que esa fuente, como todas las demás, no se va a secar nunca.

Cuando los escritores, los poetas o los cursis hablan de la primera vez se equivocan. Casi nunca es realmente la primera vez. La primera vez no se ve nada, no se nos otorga nada. Si me emocioné con el Partenón la primera vez que lo vi en persona fue porque lo había estudiado e imaginado, y por lo tanto visto, miles de veces y porque no esperaba, al abrir la puerta de la habitación del hotel, encontrármelo delante de las narices. Pensaba que estaba entrando a empujones con mi hermano en una habitación de hotel más y el Partenón me detuvo en seco y me obligó a pensar que aquello (mi madre feliz, las peleas con mi hermano, la excitación por estar a punto de embarcarnos, el sol resplandeciente) no ocurriría siempre.

Los mejores besos, como las mejores pelis y los mejores libros, te hacen pensar en la muerte, te señalan el precipicio con un dedo y te salvan en el último momento, y solo durante un rato. Los besos sin vértigo son besos tirados a la basura. Así que soy partidaria de las segundas (y terceras y cuartas) veces. De todas las veces que decidí volver a la Tumba de los Médici hasta poseerla, de todos los brazos a los que he decidido volver una segunda vez. No se ve nada la primera vez porque cerramos los ojos. Yo no quiero ver ningún amanecer como si fuese el primero, no quiero dar ningún beso como si fuese el primero, cada amanecer que veo es el reflejo de docenas de amaneceres (y de resacas, y de amigas apretándome la mano) y cada beso el resultado de miles de besos (de los egoístas y los voluptuosos, de los furiosos y los dóciles, de los vencidos, los agotados y los enfermos, de los hambrientos y de los maternales, sobre todo los maternales) que he dado. No necesito volver a las primeras veces, me conformo con las segundas.

MADAME CARRERAS
(La Vanguardia, 18 de octubre de 2015)

Soy la persona menos deportista del mundo.

En el colegio, mis amigas y yo éramos las últimas en ser elegidas para jugar porque, en cuanto poníamos un pie en el campo de deporte, lo que hasta ese momento había sido orden y afán de superación se convertía en caos y jolgorio.

Así que normalmente éramos suplentes y pasábamos el rato charlando y riendo en el banquillo o coqueteando con los chicos del campo de al lado (en mi época, en el Liceo Francés, chicos y chicas hacíamos deporte por separado).

También dedicábamos buena parte de la primera hora de educación física a discutir con la profesora, Madame Carreras, sobre el uniforme. Mis amigas y yo nos negábamos a llevar el uniforme de deporte que consistía en un horrendo pantalón azul marino con raya blanca lateral, una camiseta blanca con ribete azul y «Lycée Français de Barcelone» estampado en azul y una sudadera a juego. O bien llevábamos una camiseta que no era la oficial, o bien decidíamos atarnos un jersey a la cintura, o bien tratábamos de dar un toque de color poniéndonos unos calcetines fluorescentes o pintándonos las uñas de rojo (algo que estaba prohibidísimo). Eso hacía que la profesora se enfureciese y que las más estrafalarias fuésemos castigadas a pasar toda la clase sentadas en un banco. Entonces, cuando Madame Carreras recordaba que eso era realmente lo que queríamos, se enfadaba todavía más y nos mandaba dar cien vueltas corriendo a la pista de atletismo. Empezábamos con cierto brío, pero al cabo de unos metros, en cuanto la profesora se daba la vuelta, retomábamos el ritmo de caracol deprimido que nos caracterizaba.

Las sesiones en el gimnasio eran todavía peores porque no te podías ni esconder ni escapar. Estaban las genias del deporte que lo hacían todo perfecto, las pringadas voluntariosas que eran las que lograban subir a la cuerda y luego se quedaban allí colgando sin saber bajar, y las negadas absolutas que nunca logramos subir ni veinte centímetros de cuerda, que nos quedábamos a horcajadas encima del potro con cara de póquer y los brazos levantados en forma de uve, y que afirmábamos, muy serias, que no sabíamos hacer ni la vertical ni la rueda, pero sí la voltereta. Hacia delante. Y hacia atrás. Hasta que un día Madame Carreras, harta ya de castigarme, me dijo: «Mira, Busquets, ¿tus padres no tienen algún amigo médico? Pues yo te recomendaría que te hicieses una dispensa de deporte para todo el año.» Me dolió un poco que estuviese dispuesta a prescindir de mi alegría y buen humor con tanta facilidad, pero mi colaboración en la sección de deporte de este periódico demuestra que estaba totalmente equivocada. ¿Ve, Madame Carreras, como sí tenía futuro en el mundo del deporte?

AQUEL SEÑOR QUE ME HACÍA DIBUJITOS
(El Periódico, 20 de febrero de 2016)

Umberto Eco era un señor gordo con gabardina que de vez en cuando venía a casa, se sentaba en el sofá del fondo y empezaba a dar entrevistas mientras nos hacía dibujitos a mi hermano y a mí para que no incordiásemos. Umberto Eco fue el hombre gracias a cuya novela *El nombre de la rosa* la pequeña editorial de mi familia pudo subsistir y seguir publicando literatura de la de verdad durante algunos años más. Umberto Eco fue el escritor que decidió apoyarme dándome un libro, *Sobre literatura,* cuando me lancé a la arriesgadísima y disparatada aventura de crear mi propia editorial, Erre que Erre, y dejar de trabajar en una multinacional (me arruiné, por cierto, pero no olvidé su generosidad). No voy a hablar de lo inteligente y brillante que era Umberto Eco, ni de que era una de las pocas personas que he conocido que pensaban por sí mismas: todas sus ideas eran originales, sorprendentes y sexys. Podía decir una cosa o la opuesta, era impredecible cuando la mayoría de los que hablan sin cesar solo repiten ideas ajenas o hacen refritos y ya sabes de qué lado van a estar antes de que abran la boca. Escriben para confirmar, para tranquilizar y tranquilizarse, para reafirmar su pertenencia a un grupo. Umberto no. Umberto Eco escribía solo y pensaba solo y sabía que la única manera de pensar bien es hacerlo en soledad y a la intemperie y a veces en contra de todo el mundo.

Umberto Eco no escribía obviedades y nunca daba lecciones (a pesar de ser, ante todo, un profesor), pero te hacía desear ser más lista, más original, esforzarte más, profundizar, entender, perseverar. Umberto Eco no era un opinador, era un pensador. En este país los primeros han sustituido a los segundos en la mayoría de los ámbitos. El opinador es el que necesita desgañitarse y rasgarse las vestiduras para que le hagan caso, el pensador provoca el silencio a su alrededor sin necesidad de gritar ni de darse importancia. El opinador tiene una corte, una pandilla que le ríe las gracias (Umberto Eco no necesitaba ser simpático, intentar caerle bien no servía para nada, era inmune a las zalamerías y a las reverencias), el pensador sabe que está solo.

De niño, no solo piensas que no vas a morir nunca, piensas que tampoco lo harán las personas que te rodean, sabes que te harás mayor pero das por supuesto que todo a tu alrededor seguirá igual. Después descubres que no va a ser así. Umberto Eco era una especie de ancla para mí. Nos vamos quedando sin anclas. Y sin demasiadas ganas de volver a zarpar. Llegará un momento (quizá ya haya llegado) en que toda la gente que me conozca ya me habrá conocido con arrugas y con algunas marcas de zarpazos. Dentro de poco, o quizá ahora, ya no quedará nadie que me conociese de niña, nadie me podrá decir eso fue así o fue de otra manera, mi infancia pasará al terreno de los recuerdos, o sea, al de la fantasía, al de la ficción. Si es que antes no se ha convertido en humo.

Ha sido todo un honor, *Professore.*

CUÉNTAME UN CUENTO
(El Periódico, 6 de abril de 2016)

El mundo se divide entre las personas que dicen y las personas que cuentan. No creo que, por ejemplo, mi madre y Ana María Moix tuviesen ya muchas cosas que decirse, se habían conocido de muy jóvenes y habían pasado toda la vida hablando, pero cada día encontraban cosas nuevas que contarse. Yo me burlaba de aquellas dos mujeres que, pasados los sesenta años, seguían llamándose por teléfono constantemente como hacía yo en la adolescencia con mis amigas del alma.

Más tarde tuve un novio al que a veces llamaba Susanito porque era igual de rollista que la Susanita de Mafalda y, para contarme que había ido a comprar el pan a la tienda de la esquina, me explicaba la biografía completa y detallada de cada una de las personas con que se había cruzado por el camino.

Ahora mi hijo de ocho años, cuando está con su padre, me llama para charlar. No me llama para decirme nada en particular, pero me cuenta mil cosas, muchas más de las que me cuenta cuando estamos juntos, y un gesto (yo apartándole el flequillo o poniéndole la mano sobre la frente, él sentándose en mi falda) ya es suficiente.

Y eso me parece la señal inconfundible de que se está convirtiendo en un adulto de buena calidad (hay otras, la reacción inmediata y airada ante cualquier injusticia, por ejemplo). Héctor busca temas, inventa o exagera historias y empieza a manejar con soltura las pausas y la intriga. Mi hijo ya ha descubierto que una de las mejores maneras de enganchar al otro (casi tan infalible como una caricia) es a través de las palabras.

Lo sabía Sherezade, lo sabía Isak Dinesen (mi escena favorita de *Memorias de África* es cuando ella invita a Finch Hatton y a Cole a cenar y, al final de la cena, les cuenta un cuento. Creo que es en ese preciso instante cuando Robert Redford se enamora de ella. Ella le regala un mundo y él se enamora de ella, claro) y lo sabe mi hijo de ocho años.

No es algo evidente, la prisa hace que dejemos de contarnos historias. No es lo mismo decir: «Ayer se me estropeó el coche y tuve que llamar al RACC» que: «Justo ayer, cuando había quedado con Fulanito, del cual estoy secretamente enamorada desde hace años, el coche se quedó sin gasolina por culpa de mi mala cabeza y entonces, mientras esperaba a que viniese el tío del RACC...» Y no es lo mismo dormirse en medio del silencio que entrar en las tinieblas acompañado de una voz amiga, aunque sea la de la televisión. Cuando en una relación de amistad, de amor, de trabajo o de lo que sea ya hemos dicho todo lo que teníamos que decir, empezamos a contar. Y ahí empieza lo interesante. Cuando todo ha sido dicho.

VIVA LA ABERRACIÓN
(El Periódico, 20 de abril de 2016)

Cuenta mi admirado Juan Marsé una anécdota que me encanta: un día cualquiera, no en Sant Jordi, fue a firmar ejemplares de sus libros a unos grandes almacenes. Los organizadores del evento le sentaron detrás de una mesa con varias pilas de su última novela y desaparecieron. Fueron pasando los minutos y las horas sin que llegara ningún lector.

Finalmente, Juan vio con cierto alivio cómo se le acercaba una mujer. Cuando estuvo delante de él, le preguntó: «¿Cuánto vale?» Juan le respondió, solícito: «Pues no lo sé, unos quince euros, creo.» Y cogió uno de los libros para cerciorarse del precio exacto. Entonces la mujer le miró perpleja y exclamó: «¡No, no! ¡El libro no! ¡La mesa! ¡¿Cuánto vale la mesa?!»

Y era Juan Marsé, uno de los mejores escritores de este país.

En otra ocasión, estaba yo sola y abandonada delante de una pila de mis libros, esperando a que apareciese algún lector, cuando se me acercó una mujer (espero que no fuese la misma que se le acercó a Juan) y me dijo mirándome con cara de lástima: «Niña, no te preocupes, te pareces mucho a la hija del dueño de Zara, si esto de los libros no te funciona, siempre te puedes dedicar a hacerle de doble.» No estoy muy segura de qué futuro se debía de imaginar la señora que podía tener una doble de la hija del dueño de Zara, pero de todos modos le agradecí el consejo y le prometí que lo tendría en cuenta. No compró ningún libro.

No conozco a ningún autor que no tenga una anécdota de este tipo. Ese es el auténtico día a día de los escritores y de los libros en este país. Por un lado, es estupendo porque por muchos libros que uno haya vendido, por muy buenas críticas que obtenga y por mucha tirria que le tengan sus colegas escritores (en este país, esa es la señal inequívoca del éxito), obliga a los autores, personas en general proclives a tener la cabeza en las nubes, a mantener (al menos) los pies en la tierra. Pero, por otro lado, es un desastre porque es la demostración de que vivimos en un país que lee demasiado poco.

Sant Jordi es una aberración maravillosa, el único día del año en que la calabaza se convierte en carroza. El único día del año en que podemos salir (cautelosamente) vestidos de príncipes y de princesas. El resto del tiempo somos la persona que pasa horas (laborables) en el fondo del bar pensando en las musarañas, el amigo que preocupa a los demás del grupo porque no saben cómo podrá ganarse la vida, el chalado que dedica uno o dos años a meterse en la piel de otra persona y, finalmente, el que espera que, en algún momento, llegue un lector que le convierta en príncipe, o en escritor.

Feliz Sant Jordi.

TODO LO QUE POSEEMOS
(El Periódico, 25 de mayo de 2016)

En el género literario de los cuentos, está Chéjov y luego, a muchos miles de kilómetros de distancia, están algunos otros escritores, y luego, más allá todavía, en el lejano abismo, está el resto. Es un poco lo mismo que ocurre, a mi parecer, con Velázquez o con Rembrandt. Están ellos y a continuación, a veces muy cerca pero a una distancia que resulta infranqueable, el resto. No sé demasiado de música, pero mis amigos más expertos dicen que algo parecido ocurre con Bach y con Mozart. Y mis amigos futboleros me aseguran que lo mismo pasa con Leo Messi, el jugador del Barça.

En fin, volviendo a los grandes narradores, hay un cuento de Isak Dinesen (justo después de leer a Chéjov, se debería leer a Dinesen, y luego a Guy de Maupassant, y luego a Edgar Allan Poe, a Truman Capote, a John Cheever y a Jorge Luis Borges), la genial autora de *Memorias de África* y seguramente una de las mejores cuentistas del siglo XX, que dice que tarde o temprano lo recuperamos todo.

El cuento se titula «El joven del clavel» y en él se cuenta la historia de una mujer que pasa toda su vida buscando un tono exacto de porcelana azul que vio una vez de joven después de ser rescatada de un naufragio por un apuesto marinero. Finalmente lo encuentra cuando ya es una anciana y justo antes de morir pregunta: «¿No es dulce pensar que, si se tiene paciencia, todo lo que se ha poseído vuelve a una otra vez?»

He tardado años en entender que es cierto. He necesitado exactamente tres años y diez meses para poder volver a escuchar una canción que durante una época muy difícil de mi vida escuché sin cesar.

Se trata de una canción francesa un poco cursi sobre San José y la Virgen María, una historia que no podía estar más lejos de lo que me estaba ocurriendo a mí en aquel momento, pero que por alguna razón se convirtió en la banda sonora secreta de unos meses de mi vida. Cuando terminó aquella etapa, pensé que nunca jamás volvería a escucharla. También me ha ocurrido con ciudades o rincones o restaurantes en los que he sido o muy feliz o muy desgraciada o ambas cosas. Y me ha pasado con los nardos, que eran las flores favoritas de mi madre, y con los merengues de fresa, y con el bolero de Ravel coreografiado por Maurice Béjart y con algunos cuentos que me leían de niña y con ciertos amaneceres, y con algunas personas. Historias que uno considera que están quemadas para siempre, consumidas hasta sus últimas consecuencias, desaparecidas en combate, extraviadas, robadas, desvanecidas.

Y entonces, un día, si se tiene paciencia, como dice el cuento, de repente te acuerdas de aquella canción y la encuentras y la escuchas, y te es otorgada de nuevo, como la primera vez.

BAILAR SOLA
(El Periódico, 6 de julio de 2016)

Uno de los juegos que más me gustaban de niña era el *picaparet,* creo que en castellano se llamaba «Un, dos, tres, al escondite inglés». Al principio del juego se elegía un guardián que era el encargado de custodiar la pared. Los demás jugadores se situaban a cierta distancia. El objetivo final del juego era ser el primero en tocar la pared o el hombro del guardián e inmediatamente salir corriendo para que este no te atrapara.

El guardián se ponía de cara a la pared y decía: «Un, dos, tres, *picaparet*» y se daba la vuelta repentinamente. A los jugadores que pillaba moviéndose los devolvía al punto de partida, los demás podían seguir avanzando. A mí siempre me pillaban. Estaba tan excitada y emocionada por llegar a la meta, por avanzar más, tan preocupada por salir disparada después, que apenas veía u oía al que hacía de guardián, que cada vez que se daba la vuelta indefectiblemente aullaba: «Mileeeeeena.» Y entonces vuelta a empezar.

De adulta, me ha seguido pasando lo mismo. He seguido bailando, a veces, cuando ya no había nadie delante de mí para acompañarme, incapaz de frenar el impulso, la carrerilla, la euforia de estar bailando. He pensado que estaba en el salón de baile de *El Gatopardo* o bien en un concierto de Adele, de Manel o de U2, rodeada de gente, con un compañero de baile maravilloso, con la mejor banda del mundo tocando para nosotros, a salvo al fin de todas las intemperies y de todos los terremotos, y, de repente, se ha detenido la música, he mirado a mi alrededor y he visto que no había nada, que todo el mundo se había marchado, que había vuelto a perder la partida, que bailaba sola en medio de un desierto, que me seguía moviendo cuando ya todos se habían detenido, como cuando era niña y jugaba a *picaparet*.

Y de nada sirve chasquear los dedos para ver si vuelven las canciones o invocar al sol para que salga de nuevo o intentar recrear con las volutas de humo del cigarrillo al bailarín que con sus pasos de baile iba a impedir para siempre jamás que ningún mal nos tocara. El bailarín se ha marchado hace rato, tiene los pies magullados y está cansado y sudoroso y tiene ojeras.

O tal vez tiene ganas de meterse en otro baile más movido o más tranquilo o distinto, o en otro baile, sin más. Como mucho, te observa ahora desde la barra, con cierta pena y nostalgia anticipada, pero sin demasiada piedad (lo sé porque algunas veces también he sido yo ese bailarín).

Y hay que empezar de nuevo, quitarse aquellos zapatos de baile, salir titubeando al exterior, acostumbrarse otra vez a la luz cegadora y volver a buscar, una vez más, penosamente, alguna razón para ponerse a bailar.

LA VERDADERA FIESTA DE CADAQUÉS
(El Periódico, 14 de septiembre de 2016)

Una noche de verano de hace muchos años, en Cadaqués, se me acercó un chico que conocía de Barcelona y que pertenecía a una de esas familias bien que frecuentaban el Liceo Francés y el Real Club de Tenis. Me saludó amablemente y empezó a preguntarme si conocía a los tal que tenían la casa no sé dónde y a los cual que tenían el velero anclado en la bahía y a los no sé qué que iban a Cadaqués de toda la vida.

Cada vez que el chico me decía un nombre, yo negaba con la cabeza y entonces él, inasequible al desaliento, se sacaba otro apellido de la chistera. Me recitó una lista larguísima de conocidos apellidos de la burguesía barcelonesa. Al final, harta ya de bobadas, le dije: «No conozco a ninguna de las personas que me dices, pero mira, ¿ves a aquel chico con el pelo largo dibujando con un palo en la arena de la plaza? Se llama Rafi, vino de tripulación con un yate y se quedó aquí, dice que es la reencarnación de Dalí. ¿Y ves a aquel al lado del árbol? Es un tatuador alemán que ha estado un año en la cárcel. Y ese gordito moreno es italiano, vive en el camping y hace unos espaguetis buenísimos. El rubio que está a su lado es inglés, se hace llamar Sky, da masajes. ¿Y ves a esa mujer anciana haciendo pulseras con una corona de plumas en la cabeza? Pues duerme en un agujero que hay en una roca pasado el Llané. Esta es la gente de Cadaqués que yo conozco.»

Cadaqués fue durante mucho tiempo un pueblo de piratas y de náufragos. A veces, todavía lo es. El sábado fui a cenar al restaurante de Cap de Creus. Había bastante gente, una mezcla de jóvenes y de viejos. Rostros trabajados a la intemperie, marcados por el sol, cabellos despeinados por la tramontana, labios resecos por la sal del mar, camisetas gastadas, niños adormilados en el regazo de sus padres, sardinas a la plancha, curry, pastel de zanahoria. Ese día en el faro se hablaba catalán, castellano de aquí y de allá, inglés (el dueño del restaurante del faro es inglés, tiene pinta de marinero y suyo es el mérito de haber sabido preservar y proteger el lugar). En el exterior, un norteamericano que parecía el doble de Jim Morrison tocaba la guitarra y cantaba sobre amores aciagos bajo la atenta mirada de un par de gatos. Todo el mundo podía hablar con todo el mundo o con nadie.

Tal vez pareciésemos una pandilla de perdedores de otra época (o de esta), y desde luego no creo que ninguno de los allí presentes hubiese sido invitado al guateque que había celebrado Pilar Rahola unos días antes en su casa, dudo que la mayoría supiese siquiera quién era Pilar Rahola, pero durante un rato la felicidad no fue solo una promesa. Y ni siquiera necesitamos hacer un vídeo y subirlo a YouTube para demostrarlo.

EL SEGUNDO DE SILENCIO
(El Periódico, 5 de octubre de 2016)

El silencio se ha convertido en un lujo, más o menos como los tomates. Creo que mi generación fue la última en probar tomates de verdad, con sabor a tomate, hoy en día ya no existen; mis amigos más campestres se empeñan en que sí y vienen a menudo a casa cargados de tomates (y de buenas intenciones) que siembran ellos mismos, tomates de formas y colores improbables, cultivados de manera superecológica, pero que saben más o menos igual que los que compro yo en el súper: a nada. La diferencia es que, como soy una maniática y vienen directos del campo, ese lugar inhóspito e inquietante, me paso una hora enjabonándolos.

Tal vez mi generación también fue la última en disfrutar del silencio, y como ocurre con algunas cosas importantes no nos dimos cuenta de lo que teníamos hasta que ya no estaba ahí.

Yo creo que la gente lee poco. Primero, porque son perezosos, tienen todo el tiempo del mundo para plantar tomates ecológicos pero son incapaces de leerse *Guerra y paz,* yo también, y segundo porque no hay suficiente silencio. La realidad grita y se agita, y mientras grita y se agita es imposible leerla.

Es imposible también convertirla en literatura. Hace falta cierta distancia para escribir sobre las cosas y hace falta también que se haya hecho el silencio a nuestro alrededor. El ruido impide oírse a uno mismo, nos ensordece. El problema es que también nos divierte y nos da ideas, pero solo se puede escribir desde una burbuja, desde un hoyo, desde un pozo. Para un escritor, el día que decide volver a esa trinchera helada, acallar todas las voces para durante unos meses solo escuchar la suya, es un momento clave, y más o menos aterrador.

También en la televisión actual falta silencio. Las llaman tertulias, pero en las conversaciones entre amigos nunca se habla tanto, nadie discursea y lo mejor (incluso con los amigos más brillantes) son los momentos de silencio en los que uno se queda pensativo o en los que se dice algo que hace que todo se detenga y vacile durante unos instantes.

Mis silencios favoritos son los eléctricos, los que duran segundos y son atronadores. El segundo de silencio que precede a todas las cosas importantes. El segundo de silencio antes de inclinarte sobre alguien para hacerle cerrar los ojos o de tirarle el contenido de tu copa a la cara para que los abra. Sin ese segundo de silencio, ninguna de las cosas que valen la pena en esta vida ocurrirían. Pero, claro, es un segundo de silencio que no precede a la palabra (esa pesada), precede a la acción.

EL NÚMERO CERO
(El Periódico, 19 de octubre de 2016)

Hace unos años, mi madre me contó una conversación que acababa de tener con Carmen Balcells, la agente literaria. Estaban hablando de los autores del *boom* latinoamericano y en un momento dado Carmen dijo: «Vargas Llosa es fantástico, maravilloso, extraordinario, un grandísimo escritor, el primero de la clase.» Entonces, se quedó pensativa unos instantes y añadió: «Pero Gabo... Gabo es otra historia... Gabo es un genio.»

Ningún escritor que se tome en serio su trabajo aspira a ser el primero de la clase (aunque a muchos nos encantaría escribir como Vargas Llosa), todos queremos ser «otra historia». Tal vez en la vida real también: nunca deseamos ser una amante más, una amiga más, una novia más, siempre nos gustaría que nos recordasen como «otra historia». Recordé esta anécdota la semana pasada al leer la que cuenta Leonard Cohen sobre Bob Dylan. Al parecer, un día, estaban los dos charlando y de repente Dylan miró muy serio a Cohen y le dijo: «Por lo que a mí respecta, Leonard, tú eres el número uno.» Hizo una pausa de dos segundos y a continuación añadió: «Yo soy el número cero.» (Lo que en palabras de mi hijo adolescente sería como decir «yo soy el puto amo».)

En el arte son necesarios los números uno, dos, tres, cuatro, cinco, mil, cien mil, etc., todos cuentan, todos son importantes, pero solo el número cero sirve para cambiar el mundo. Parte de la belleza y de la brutalidad del oficio de escribir consiste, precisamente, en esa lucha, en ese intento vano, nunca triunfante, pero tozudo, como ir golpeando una pared con la cabeza, de acercarse al cero, de decir algo que no haya sido dicho nunca antes o nunca antes de esa manera.

También pensé en *Amadeus,* la película de Milos Forman que cuenta la relación entre Salieri, músico de gran talento, autor de 39 óperas, que en vida obtuvo fama, dinero y reconocimiento, y Mozart, la otra historia, el número cero.

Hay una escena en la que la mujer de Mozart va a ver a Salieri con una carpeta repleta de partituras que su marido acaba de escribir. Salieri las mira incrédulo, a pesar de ser los originales, no hay en ellas ni una sola corrección, empieza a leerlas y comienza a sonar en su cabeza la música más perfecta, más milagrosa, más «otra historia» del mundo.

Tal vez sea una ignorante y una hereje (mi madre siempre decía que en la Edad Media no hubiese durado ni cinco minutos, que me hubiesen quemado por bruja a la primera de cambio), pero creo que Dylan es literariamente, históricamente y socialmente «otra historia», un número cero. Si además del Nobel de Literatura, el año que viene le quieren dar también el de Medicina, el de Física y todos los demás, me parecerá perfecto.

LOS INVITADOS
(El Periódico, 26 de octubre de 2016)

Y un día te llaman por teléfono y te dicen que ha muerto alguien a quien querías mucho, un miembro de una familia que durante años fue la tuya (con la que compartiste navidades, bodas y festejos varios) y que a veces lo sigue siendo. Los huérfanos, los nómadas sentimentales que hemos tenido que elegir a nuestra familia, tenemos varias, suelen ser fantásticas.

Logras entender, a través del llanto al otro lado del teléfono, que la joven fue arrollada por un tranvía, que murió al instante, que no sufrió, que no tuvo tiempo de darse cuenta de lo que le ocurría. Y llamas a algunos amigos, no para decirles que S. ha muerto, sino para decirles que es imposible que S. haya muerto. Como no aciertan a decir nada, piensas que están un poco tontos, te armas de paciencia y les explicas que es imposible que una chica joven, lista y guapa (pero aunque hubiese sido feísima y boba) y bondadosa y divertida (aunque hubiese sido malévola y un plomo), y con tantas cosas aún por hacer en la vida, haya muerto.

Y de repente, sin que venga a cuento, recuerdas la

anécdota que cuenta Steiner sobre Oppenheimer. Al parecer, un día, en un pasillo de la universidad, oyó como el físico le decía a uno de sus alumnos: «¡Es usted tan joven y ya ha hecho tan poco!» Les explicas a tus amigos que S. era precisamente lo contrario, que había hecho muchas cosas, pero que tenía que hacer muchas más, que es imposible que haya muerto. Solo son capaces de decirte que lo sienten muchísimo.

Y entonces te repites cien veces, mil veces, doscientas mil veces, la extraordinaria frase de Heidegger: «Somos los invitados de la vida.» Nada más. Y los invitados, un día, se van.

Unos invitados que, si eran bien educados y decentes, dejaron la casa un poco mejor que como estaba antes de que llegaran ellos, tal vez dejaron un ramo de flores encima de la mesa del comedor o un dibujito sobre la mesilla de noche o una carta en la repisa de la chimenea. Tal vez limpiaron los cristales para que entrara más luz en la casa y todo fuese más alegre y soportable. Tal vez barrieron concienzudamente el suelo llevándose algo del sufrimiento y de la pena que arrastramos todos.

Tal vez pulieron los espejos para que al mirarnos no nos viésemos tan feos y asustados y gracias a eso nuestro propio reflejo cambió y se volvió más amable y sonriente. Tal vez tejieron mantas invisibles con las que abrigarnos cuando nos sentimos solos. Tal vez dejaron un tarta de queso en la nevera.

Todos los invitados se van un día. Lo único que podemos hacer los que nos quedamos es seguir arrancando los hierbajos del jardín, echarle de comer a la tortuga y empezar a hacer, lentamente, las maletas.

LA EUTANASIA INTELECTUAL
(El Periódico, 9 de noviembre de 2016)

Yo creo que en cuanto sabes lo que va a decir o lo que va a opinar un columnista solo con leer el título de su crónica, sin necesidad de leer el artículo, entonces es que el columnista está acabado. Nadie tiene infinitas cosas que decir ni infinitas cosas que hacer, la mayoría tenemos, con suerte, tres o cuatro. Las repetimos y las rehacemos unas cuantas veces, con la esperanza estúpida de pulirlas, de decirlas o de hacerlas mejor o menos mal (cuando en realidad la primera vez suele ser la buena), pero tal vez estaría bien, un día, ser capaces de mirarnos al espejo y de declarar: «Ya he dicho todo lo que tenía que decir, a partir de ahora me quedaré calladito y me dedicaré a aprender alemán y a releer los títulos que me hicieron feliz.» O: «Ya he dicho todo lo que tenía que decir, a partir de ahora intentaré volver a enamorarme hasta los huesos una última vez y traduciré el trabajo de otros.» O: «Lo que tenía que decir, importante o no, poco o mucho, comprendido por una mayoría o solo por unos pocos, ya lo he dicho.»

Todo el mundo está a favor de la eutanasia médica, pero de la eutanasia intelectual nadie habla. Y casi nadie tiene la dignidad de practicarla.

Es terrible no saber dejar a las cosas (o a las personas) a tiempo. El gigante Delibes lo hizo. También Bergman, después de *Fanny y Alexander,* dijo que ya estaba muy cansado y viejo para hacer más cine (es cierto que luego hizo algunos telefilmes geniales y la gran *Saraband,* pero fue grabada en vídeo y es casi una obra de teatro).

La grandeza de Bergman también cuando le dieron el Oscar honorífico y se disculpó por no ir a recogerlo alegando que desde la muerte de su esposa estaba triste y no tenía ganas de hacer nada. O de Woody Allen, que dice que no va a los Oscar porque justo ese día tiene concierto con su banda de jazz. O de Dylan, que dice que «si puede» (o sea, si no tiene nada más interesante que hacer, si no tiene una cita con una mujer, si no está escribiendo, si no está en su gira interminable), irá a recoger el Nobel.

Nunca entiendo lo que Bergman quiere decir hasta el último fotograma y Allen me sorprende cada vez: no sé si se ha dicho, pero su última película, *Café Society*, no es más que un alegato algo melancólico a favor del matrimonio de conveniencia, de casarse con un hombre rico y poderoso, de no elegir al tío que lo tiene todo por hacer y que tal vez se amargue por el camino, sino de elegir el dinero. No sé si estoy de acuerdo con Allen, pero lo que dice me interesa.

Tal vez la primera cosa que tengamos que aprender a dejar sea a nosotros mismos. El resto es silencio. ¿No?

LA ESCRITURA Y LA TERAPIA
(El Periódico, 14 de diciembre de 2016)

Existe la creencia, cada vez más extendida entre psicólogos, gurús, pacientes y público en general, de que escribir no es solo buenísimo para todo el mundo sino que además resulta terapéutico y sanador. Tengo la sensación, seguramente errónea, de que últimamente en todas las consultas, talleres, clases, grupos y clubs de lo que sea, se recomienda escribir. Yo creo que en parte es un poco por pereza de escuchar y ganas de quitarse el muerto de encima, además de por genuinas ganas de ayudar, claro: «Usted escriba, escriba, y ya verá como se siente mejor.» Y la gente va llenando cuadernos de desesperación y soledad que nadie leerá jamás (y aún menos publicará) o solo muy por encima y sin prestarles la atención que merecen. Tal vez un día en el mundo haya más escritores que lectores.

A mí me han debido de preguntar un millón de veces si escribir la novela fue una forma de elaborar el duelo por mi madre y si me ayudó a superarlo. Siempre respondo lo mismo: «Mi madre sigue muerta, ¿no?» Y podría añadir: «Lo que me ayudó a tolerar su pérdida fue una mezcla de alcohol, yoga y antidepresivos.»

El dolor sigue ahí fuera, reluciente y duro como un diamante, inalterable. A veces tengo la sensación de haber llegado a una montaña muy alta donde siempre está atardeciendo y sopla el viento y nieva sin parar. No vivo en sus laderas, pero me he instalado cerca, la veo desde la ventana, forma parte de mi paisaje, es probable que me sobreviva. Y aunque escribiese cien mil libros, seguiría ahí.

Todos los que escribimos sabemos que escribir es la enfermedad, no la cura. La cura es leer, emborracharse y mil cosas por el estilo.

La escritura no te salva. Puede que si tienes suerte lo que escribas salve a alguien, pero no será a ti. La escritura te condena. Escribir un texto con el objetivo de que sea publicado y leído por otra gente no es nunca una terapia, es un trabajo, una labor complicada que no está pensada para que uno se sienta mejor sino para intentar dar placer, entretener, seducir a los demás, que es uno de los objetivos más altos que existen. Es como contar un cuento, no contamos un cuento para reconfortarnos a nosotros mismos, lo contamos para el que nos escucha, y rezamos para que no se duerma a la mitad, a no ser que sea nuestro hijo pequeño y que sea el tercer cuento de la noche.

Lo que nos salva, lo que nos cura, a veces incluso de lo incurable (al menos durante un rato, pero casi todo es siempre solo durante un rato), es leer. Chéjov, Proust, Simenon, Colette, Bernhard, Camus, Ginzburg, Philip Roth, Kafka, me han cogido más de una vez de la mano para llevarme hasta orillas menos turbulentas. Nadie puede salvarse a sí mismo.

NATALIA GINZBURG
(El Periódico, 15 de febrero de 2017)

Nunca seguí demasiado los consejos literarios (ni de ninguna otra índole) de mi madre. Yo no era muy dada a seguir consejos, y ella, por su parte, no era muy partidaria de darlos. Y sin embargo recuerdo su insistencia en que leyese *Querido Miguel,* de Natalia Ginzburg, cuya primera edición en España publicó ella en Lumen en 1989 con una preciosa traducción de Carmen Martín Gaite.

Naturalmente, no le hice caso. Tuvieron que pasar casi treinta años para que me decidiese a leer a Natalia Ginzburg. A Ginzburg la amas sin saber exactamente por qué, que es como funcionan todos los grandes amores, que nunca son una lista de méritos y de virtudes sino más bien un amasijo de fragilidades y de carcajadas y de saber exactamente cuándo tienes que rozar el codo del otro (tan levemente que solo él se dará cuenta) para que siga respirando.

Natalia Ginzburg es el único autor del que me sé frases enteras de memoria, nadie escribe con más delicadeza. Ha pasado un poco de moda la delicadeza, nos hemos acostumbrado a vivir y a escribir con altavoces, a golpes de efecto. Natalia Ginzburg escribe con pincel fino. Y sin embargo es lo opuesto a la humildad, todo lo que escribe es de una rotundidad absoluta. Es una escritura incorruptible, hermética, no hay ninguna grieta, no hay guiños. En este sentido me recuerda mucho a Thomas Bernhard.

Ojalá se hubiesen conocido. Estoy segura de que desde sus océanos tan distintos y tan hondos se hubiesen adorado. Planea además sobre toda su obra una elegancia absoluta que, como es siempre el caso con la verdadera elegancia, tiene mucho más que ver con la buena educación, la cultura y la inteligencia que con las mundanidades y el glamour.

Tengo un amigo científico que es, además, uno de los mayores expertos en perfumes del mundo. Un día, estábamos hablando de cómo saber si un perfume te gusta de verdad. Y Luca me dijo: «Si al olerlo se te escapa una sonrisa, es que el perfume es para ti.» Y yo le dije: «Con los hombres pasa lo mismo, y con algunos libros.» Nada de carcajadas, nada de piel de gallina, nada de empezar a sudar o de sentir que te vas a desmayar, una sonrisa muy pequeña y cierta inmovilidad, esa es la señal. Y eso es lo que ocurre con Ginzburg. De repente, aunque veas perfectamente, tienes ganas de ponerte gafas para ver todavía mejor.

Si algún día, como predijo Ray Bradbury en *Fahrenheit 451,* se queman todos los libros y nos convertimos en la memoria viviente de la literatura, yo me postularía para memorizar las obras de Natalia Ginzburg y montaría reuniones en el bar y en mi casa, para recitárselas en voz baja a quien quisiera escucharlas. Mientras tanto, vayan corriendo a la librería.

¿LEER ES SEXY?
(El Periódico, 8 de marzo de 2017)

De un tiempo a esta parte intentan convencernos de que todo es sexy. Supongo que los especialistas en marketing y comunicación se han dado cuenta (a buenas horas) de que casi todo lo que hacemos lo hacemos por amor, para que nos quieran los demás o para querernos más a nosotros mismos. Después de todo, el narcisismo también es una forma de amor, tal vez sea incluso una de las más extendidas. Y como el amor es el hermano mayor y trascendente del sexo y van tan a menudo cogidos de la mano, han decidido repetirnos lo de sexy hasta la saciedad.

Así que ahora resulta que la política es sexy, que las pizzas congeladas son sexys, que el feminismo es sexy, que beber zumos gigantescos de color verde oscuro es sexy, que ir al dentista es sexy, que ir en bicicleta es sexy, que limpiar la casa es sexy, que pedir una hipoteca es sexy y que leer también es sexy.

En el caso de la lectura, entre otras muchas iniciativas para animarnos a leer, han hecho unos pósters preciosos con fotos de Paul Newman y de Marilyn Monroe en todo su esplendor, ambos leyendo, y debajo el eslogan: «Leer es sexy.»

Bueno, pues tengo malas noticias para vosotros: leer no es sexy.

Leer es una experiencia honda, a veces dolorosa, casi siempre ardua (mucho más ardua que plantificarse delante de la televisión o del ordenador). Leer requiere esfuerzo, concentración, constancia, paciencia, cultura, práctica y determinación. Y si queréis que os diga la verdad, escribir tampoco es nada sexy.

No hablemos ya de vivir con un escritor, un ser ensimismado y gruñón que pasa la mayor parte del día en su mundo, imaginando cosas y violentando la realidad. Tampoco es sexy pensar, enfrentarte una y otra vez a tus propias limitaciones resulta más bien agotador y frustrante.

Ni aprender alemán. Ni parir. Ni buscar una cura contra el cáncer. Ni acompañar a tu madre al médico. A veces, ni siquiera el sexo es sexy. Es sexy que te lean un libro en voz alta, igual que es irresistible que alguien te cuente una historia cuando estás a punto de dormirte (o, si te dedicas a escribir, a cualquier hora del día), que es el equivalente humano de dejar una luz encendida para no sumirse solo y a tientas en los sueños. La noche es sexy, y el mar, y las fiestas de dos personas, y los coches descapotables, y el despilfarro, y los extremos. Y los casinos. Y el caviar a cucharadas. Y una caja de botellas de champán en la puerta de casa. Y una cajetilla de Ducados olvidada encima de una mesilla de noche. Desear resulta sexy (mucho más sexy que ser deseado). Y los escotes femeninos. Y también Paul Newman y Marilyn Monroe, leyendo o bailando sardanas. Pero leer no. Leer no es sexy. Leer es importante.

LEER EN PAREJA
(El Periódico, 15 de marzo de 2017)

Hace unos días, cené con una amiga periodista que me contó que había entrevistado al gran Ian McEwan, uno de mis escritores favoritos, y que este le había dicho que tenía la costumbre de leer con su mujer. Mi amiga añadió que leer con la pareja le parecía algo maravilloso y que ella también lo hacía con su marido.

Asentí con gran entusiasmo porque estoy un poco harta de que mis amigas casadas me consideren el anticristo de las relaciones estables y porque, en general, me gusta estar de acuerdo con mis amigos. Pero unas horas más tarde, ya en casa, dándole vueltas a la conversación, pensé:

leer en pareja me parece lo más espantosamente cursi que se puede hacer con alguien (yo estoy muy a favor de la ternura, que es muda, y estoy muy en contra de la cursilería, que es exhibicionista y latosa).

Entonces escribí a Juan Tallón para pedirle su opinión. Me contestó: «Leer juntos es el último intento de rescatar una relación acabada, supongo: "No sabían qué hacer por salvar lo suyo y se pusieron a leer juntos"», y añadió, antes de despedirse: «Ahora en serio, no me parece que sea ni bueno ni malo.»

Pensé que tenía razón. Pero seguí sin verlo claro. Tal vez esté un poco chapada a la antigua, pero para mí leer un libro a dos es como hacer un trío, algo que no funciona nunca (como las relaciones abiertas, otra bobada experimental que tampoco funciona nunca). Yo, cuando estoy con un libro, quiero estar con ese libro y con nadie más. En mi relación con un libro, juego, me acerco, me alejo, remoloneo, coqueteo y finalmente, si hay suerte, me entrego a él como me entregaría a un hombre, de manera absoluta y excluyente. ¿Qué pintaría en medio de eso un marido? Sería una traición imperdonable al libro.

Si juegas limpio (y si te gusta leer), mientras estás con un libro le perteneces, la única voz que oyes es la suya. Tal vez por eso los escritores seamos tan competitivos, cada vez que alguien nos lee está en juego la posesión de una persona durante un rato. Por eso es tan importante ser leído. Los que tenemos alma de Casanova, deseamos que nos lea el mundo entero, los más refinados desean sobre todo ser leídos y aceptados por los paladares más expertos y exigentes.

Ni siquiera me gustan demasiado los libros subrayados por alguien que no sea yo, prefiero navegar sin mapas, o solo con los míos. Me ha ocurrido alguna vez pedir un libro prestado y darme cuenta de que la persona solo había subrayado memeces. El peor momento en una relación de pareja es cuando un día, de repente, sin querer, piensas: «Dios mío, este tío es tonto.» Y te sigues comiendo la sopa tranquilamente. Eso no pasa con los libros, y cuando pasa, es mucho más sencillo: lo tiras a la basura y listo.

SEREMOS DIOSES
(El Periódico, 22 de marzo de 2017)

Una de las razones por las que estoy tan a favor del móvil es porque nos acerca a una de las ambiciones más antiguas y esenciales del hombre: estar en todas partes, verlo todo, ser Dios. Estoy a favor de cualquier progreso o proceso que nos acerque a la divinidad. La juventud nos acerca a los dioses, la búsqueda de la belleza también y la valentía y la velocidad. Al parecer lo de la inmortalidad no es negociable, pero todo lo demás se puede discutir.

Ser dioses es llegar a los confines del universo. Ser dioses es tener hijos sin tener que pasar por el engorroso trámite del embarazo (trámite que a mí me encantó pero que para algunas mujeres resulta realmente traumático y doloroso, cuando no irrealizable), de momento con vientres de alquiler, pero estoy segura de que los bebés se acabarán fabricando un día en el interior de máquinas.

Yo imagino una especie de pequeñas lavadoras o secadoras donde los fetos se vayan desarrollando hasta estar listos para salir mientras nosotras intentamos escribir libros, dirigir países, plantar tomates o hacer felices a los hombres de nuestra vida.

Creo que eso llegará, creo que nos hará más libres (a ellos también), más dioses, menos humanos tal vez, pero lo cierto es que ningún ser humano ha tenido nunca la aspiración de ser *más humano*. Los niños quieren ser Supermán (o Messi, que es casi lo mismo), no más humanos. La aspiración de ser más humanos no es una aspiración humana, tal vez sea una de las aspiraciones de nuestros perros o de nuestros gatos, pero no es la nuestra. El día en que solo aspiremos a ser humanos, se habrá acabado el progreso y se habrá acabado el arte también.

Yo no quiero ser más humana, yo quiero estar en todas partes, yo quiero ir a los sitios volando (y no llegar nunca tarde), yo quiero poder convertirme en cisne, yo quiero provocar tormentas terribles y hacer que florezcan los cerezos con solo chasquear los dedos, yo quiero salvar a los buenos y condenar a los malos, yo quiero el mundo y todos sus tesoros al alcance de mi mano, yo quiero saber lo que piensa cada individuo, el momento exacto en que vacila o en que se lanza, quiero saber lo que siente un segundo antes de empezar a disimular.

Ningún niño o adulto inquieto desea pasar la tarde viendo cómo se hace de noche. Ningún niño mira por la ventana a no ser que esté ocurriendo algo al otro lado: la nieve, un Ferrari, el carnaval, los Reyes Magos, la vecina misteriosa, el mendigo terrorífico, una familia de jabalís.

Moriremos, pero además de haber visto atardecer por la ventana, habremos sido dioses, o héroes, como decía Bowie. Aunque solo sea por un día.

CONSEJOS
(El Periódico, 5 de abril de 2017)

Muchos meses antes de que se publicara mi segunda novela, la gente ya me estaba diciendo lo que tenía que escribir a continuación y cómo tenía que escribirlo y cuándo. Algunos pensaban que me tenía que poner a escribir de inmediato o que perdería mi voz y ya no escribiría nunca más, otros que después del éxito tenía que pensar muy bien el siguiente paso y que era mejor no precipitarse. Unos me recomendaban escribir algo más ligero como transición, otros seguir con las aventuras de Blanca. Unos querían que hablase de moda, otros de sexo y otros de mi infancia.

Una vez publicada la novela, se me acercaban personajes variopintos por la calle o en los bares para contarme que tenían vidas apasionantes sobre las que yo sin ninguna duda querría escribir. Incluso fui invitada al *château* de una anciana dama en el sur de Francia cuya vida, afirmaba, tenía muchos puntos en común con la mía y que por supuesto yo también querría narrar.

Todos esas personas bienintencionadas me recordaban a las señoras que cuando salía a la calle con mis bebés recién nacidos se aventuraban a darme consejos sobre si era mejor que el niño llevase gorrito o no. Tuve a mi primer hijo bastante joven y pensaba que tal vez debido a mi juventud consideraban que necesitaba orientación, pero al segundo lo tuve a los treinta y cinco años y aun así en la calle todo el mundo se creía con derecho a opinar sobre su bienestar.

Aunque claro, nada de esto es comparable al horror de que una desconocida, solo por el hecho de estar una preñada, ose poner su mano sobre nuestra tripa. Me molesta tanto el puritanismo y la pacatería como la promiscuidad indiscriminada.

Ocurre lo mismo con la vida amorosa de los que no viven en pareja. En las cenas, los amigos o amigas casados esperan primero que les entretengas con tus aventuras y desventuras y a continuación que te alistes en sus filas. Siempre hay un momento, a partir de la mitad de la cena o de la segunda o tercera copa, en que te miran apreciativamente y te dicen, con más o menos delicadeza, que «esto» no durará toda la vida y que lo mejor sería ponerse a cubierto ahora que todavía queda algo que proteger.

El problema es que escribir, al menos para mí, que jamás me atreví ni siquiera a soñarlo, que cuando mis amigos me decían que sería escritora, me parecía el plan más inalcanzable del mundo, es ponerse a la intemperie, quedar calado hasta los huesos, con el pelo chorreando y los zapatos encharcados. Y es muy aventurado dar consejos sobre eso. Escribir es ir a la guerra (tener hijos y enamorarse, en cierto modo, también). Tal vez estaría bien que dejásemos de decirle a la gente cómo hacerlo.

SOLO UNA TUMBA
(El Periódico, 10 de mayo de 2017)

En 1994, con motivo del 50 aniversario de la muerte del pensador Walter Benjamin, el gobierno de la Generalitat y el gobierno alemán encargaron al artista Dani Karavan el diseño de un memorial en Portbou, el pequeño pueblo fronterizo donde Benjamin, a punto de ser deportado a Francia y detenido por la Gestapo, se suicidó.

Es una construcción impresionante, un túnel de acero excavado en la ladera de la montaña que desemboca en el vacío, unos metros por encima del mar, y que simboliza con fuerza y delicadeza lo que debió de sentir Benjamin al darse cuenta de que había llegado al final del camino. Se trata sin duda de un monumento bellísimo, conmovedor, profundo, implacable, extraordinario.

Y sin embargo no logra producir el efecto que tiene, unos metros más allá, en un extremo del cementerio del pueblo, su tumba: una roca (de no más de cincuenta centímetros de alto por cuarenta de ancho) colocada directamente en el suelo, delante de una pared blanca y desconchada por el sol. La roca está flanqueada por dos setos bajos y en ella se apoya una pequeña placa de mármol gris con la fecha de nacimiento y muerte del filósofo y una de sus frases. Y uno recorre maravillado e impresionado el memorial de Karavan, pero se detiene y encuentra la paz frente a la tumba de Benjamin.

Yo he ido al Père-Lachaise para saludar a Proust y a Wilde. Y me encantaría visitar Praga para ir a presentar mis respetos a Kafka (a quien le debo mucho más que mi nombre) y a depositar una piedrecita encima de su lápida. Y, si fuese posible y todavía fuese legal, quisiera ser enterrada directamente en la tierra, sin ataúd, envuelta en un sudario.

Tal vez cualquier monumento enfrentado a la muerte sea siempre un poco ridículo, los aspavientos de un niño enrabiado, un intento vano de poner un punto final o un punto de exclamación incluso. Por eso el género de los obituarios es tan difícil y, a menudo, el que los escribe, en vez de hablar del muerto, acaba hablando de sí mismo (de todos modos, cuando uno ha perdido a un ser querido está demasiado desconsolado para escribir nada, los que escriben las necrológicas al día siguiente o al cabo de una semana no suelen ser los seres que amaron y conocieron de veras al muerto). Tal vez todas las novelas no sean más que necrológicas.

Una tumba tiene el tamaño justo de un hombre. Un mausoleo es siempre demasiado pequeño y demasiado grande. Ocurre lo mismo con los premios, los reconocimientos, los homenajes y las condecoraciones. No entierran, sepultan. Nunca abarcan a la persona, y todavía menos su obra. Una tumba, sí.

Una tumba en la tierra, incluso un nicho, tiene el tamaño exacto de un hombre, de cualquier hombre, infinito.

LAS BOTELLAS VACÍAS
(El Periódico, 21 de junio de 2017)

A finales de los años sesenta, un grupo de jóvenes brillantes y transgresores, una mezcla de arquitectos, fotógrafos, modelos, editores, escritores y gente variopinta (que en mala hora recibió la burda y falaz denominación de *gauche divine,* pero que pese a quien pese continúa siendo el único grupo original, estimulante y desacomplejado surgido de esta ciudad en el siglo XX y en lo que llevamos de XXI) descubrió Cadaqués y empezó a veranear allí.

Uno de ellos, creo que fue Lluís Clotet, estaba un día sentado en la playa y de repente, mirando a su alrededor a las chicas en biquini, al mar, al sol y a sus amigos, dijo, un poco abrumado: «Esto es demasiado bonito, el pueblo es demasiado bonito, las chicas, demasiado guapas, el mar, demasiado azul. Es demasiado perfecto, no puede funcionar. En cualquier momento aparecerá un psicópata con una metralleta y nos matará a todos.» Y se marchó del pueblo.

En cambio hay gente que nunca se levanta de la mesa de un restaurante antes de haber apurado hasta la última gota de la última botella de vino.

Recuerdo cenas eternas esperando a que hubiesen vaciado la endemoniada última botella mientras los demás comensales intentábamos no desplomarnos sobre la mesa. Yo, tratando de mantener los ojos abiertos, pensaba: «Vámonos ya, el mundo está lleno de deliciosas botellas de vino esperándonos, dejemos esta a medias, ya estamos borrachos, ya nos hemos contado la vida entera. Vamos.

Nuevas botellas nos esperan en otros lugares.» A veces, la cortesía es una lata.

No siempre dejar las cosas a medias significa dejarlas inacabadas. Hay fiestas que se acaban a los cinco minutos de haber empezado. Hay otras en cambio cuya música resuena en nosotros durante años. Hay veranos larguísimos que no empiezan nunca. Y yo he tenido relaciones muy intensas y profundas que han durado dos horas de reloj.

Otras veces, nos quedamos hasta el final, hasta encontrarnos con el cadáver (del amor, de la amistad, del trabajo) en los brazos. Incluso, en alguna ocasión, esperamos a que ese cadáver se convierta en ceniza y a que esta sea dispersada por el viento. No sé si vale la pena. No sé si vale la pena vivir con las manos y la boca y los oídos llenos de ceniza pudiendo estar en la playa chapoteando rodeado de chicas en biquini mientras esperamos a que llegue el tío de la metralleta.

El problema no es la bobada esa de ver si la botella está medio llena o medio vacía, el problema es no darse cuenta de que la botella está absolutamente vacía. Y cuando una botella está vacía se tira a la basura. A la del reciclaje, preferiblemente.

VA A PASAR ALGO
(El Periódico, 28 de junio de 2017)

Mi mejor amiga de la infancia, Sandra, vio *E.T., el extraterrestre* unos días antes que yo. Teníamos diez años, la misma edad que Elliott, el protagonista. Sandra me dijo que la había visto en cuanto nos encontramos en el patio aquella mañana, pero tuve que esperar hasta la hora del recreo para que me contara, escena a escena, la película. En aquella época no existían los *spoilers*, y yo disfrutaba tanto de las versiones detalladísimas de mi amiga, que solía ver los estrenos infantiles antes que yo, como de las películas en sí.

Elliott está en su habitación con sus hermanos, la pequeña Gertie y el adolescente Michael. Las persianas están bajadas y todo está en penumbra. Acaban de conocer a ET. Le han traído comida, la mesa está repleta de cosas y los niños intentan averiguar de dónde proviene. Elliott coge un atlas y lo abre en la página de Estados Unidos: «Estamos aquí», le dice. A continuación señala su posición en un globo terráqueo: «Estamos aquí. ¿Tú de dónde vienes?», le pregunta. ET mira con tristeza hacia la ventana. Entonces Elliott vuelve a abrir el atlas, esta vez en la página del sistema solar. Le muestra la Tierra: «La Tierra, mi casa, ca-sa, mi casa.»

ET levanta la mano y con su dedo nudoso de rama seca señala de nuevo hacia la ventana. Entonces coge unas esferas de plastilina y las coloca encima del atlas. «¿Qué está haciendo?», pregunta Elliott. Y Gertie murmura: «Va a pasar algo.»

Entonces, como por arte de magia, las bolas de plastilina se elevan ordenada y delicadamente y empiezan a gravitar, demostrando no solo que ET es un extraterrestre sino que además tiene poderes que los humanos desconocen.

Yo siempre pienso que va a pasar algo, algo emocionante, divertido, memorable. Una de mis frases favoritas es cuando alguien (mis hijos, mis amigos, quien sea) me dice: «¿Sabes lo que me ha pasado hoy?» Porque sé que a continuación viene una historia. A los niños les ocurren cosas constantemente y a nosotros en realidad también. La chica con la que nos hemos cruzado al salir del metro, la vieja cicatriz en el pulgar, la discusión con el quiosquero.

Tal vez el final de una relación tenga lugar cuando ya

no tenemos ganas de contar historias ni demasiado interés en escucharlas. Tal vez no deberíamos hablar con nadie que no nos escuche apasionadamente.

Yo me aburro si no pienso que todo es posible. Ya sé que ahora está de moda decir que aburrirse está muy bien, que es saludable y hasta creativo, pero yo, que estoy chapada a la antigua, sigo pensando que aburrirse es un coñazo. Que sucedan cosas. Las que sean, importantes, banales, definitivas o ridículas.

Y entonces suceden.

LAS CASAS VIEJAS
(El Periódico, 19 de julio de 2017)

En la última escena de *Fresas salvajes* de Ingmar Bergman, el viejo protagonista, Isak Borg, acostado en su cama y a punto de dormirse, recuerda o sueña, a menudo son la misma cosa, que regresa una vez más a la casa familiar donde pasó todos los veranos de su infancia y de su primera juventud.

En la entrada de la residencia, una alegre cuadrilla ataviada con trajes blancos, pamelas, sombrillas, cañas de pescar y capazos de pícnic se dispone a ir a navegar. Hace un día radiante y se oyen gritos y risas. Él los observa medio escondido detrás de un árbol. De pronto, su novia, Sara, le ve y se dirige hacia él dando brincos, sin mostrar sorpresa alguna por verle convertido en un anciano. Le sonríe con dulzura y le dice que se han acabado las fresas silvestres, que su tía quiere que vaya a buscar a su padre, que va a salir a navegar y se encontrarán más tarde, al otro lado de la isla. Él la mira un poco confundido y le dice que no sabe cómo encontrar a sus padres.

La hermosa joven se ofrece a ayudarle, le toma con cuidado de la mano (como hacemos con los ancianos, cuyas manos parecen hechas con las mismas ramitas secas que utilizan ciertos pájaros para construir sus nidos) y le acompaña cruzando un prado y una arboleda hasta un pequeño montículo desde donde se divisa la costa. Entonces le señala un punto en particular y se marcha corriendo. Sus padres están sentados al borde del lago, él pesca apaciblemente y ella parece enfrascada en sus cosas. Al sentir la presencia de otra persona, los dos levantan la vista y le saludan con la mano, felices y tranquilos.

Bergman, que lo sabía todo, también sabía que los muertos nunca se despiden de nosotros, los muertos nos saludan.

He pasado unos días en la vieja casa familiar de todos los veranos. Solemos invitar a un montón de amigos, pero por mucho que la llene de gente, siempre parece haber más muertos que vivos opinando, mofándose con benevolencia de mí o de la persona que ocupa sin saberlo un espacio que les pertenecía, o simplemente asomados a la ventana. Hace unos días entraron dos perros en casa exactamente iguales a los que tenía Ana y ella entró detrás y me saludó como hacía siempre, antes de convertirse en una rubia desconocida que me pedía disculpas por la invasión perruna de mi casa. Y unos días antes, en su cuarto, mi madre le había quitado hierro al asunto, a todos los asuntos. Y al pasar por delante de la casa de regreso a Barcelona volví a ver a Marisa, que murió hace casi quince años, con sus uñas rojas y su vestido de lunares, acodada en el balcón más alto, saludándome con la mano y fumando.

Solo hay una cosa más poderosa que los muertos amados: los amados vivos.

OTELO
(El Periódico, 6 de septiembre de 2017)

Nunca me han gustado las medias y, a decir verdad, tampoco los calcetines. En invierno suelo llevar bufanda e incluso a veces guantes, aunque ya son raramente necesarios en Barcelona. Pero nunca uso medias, ni siquiera cuando llevo falda, y solo en contadas ocasiones calcetines.
Algunos hombres miran perplejos mis tobillos de flamenco. Esos hombres antiguos (o tan modernos) que empiezan mirando a los ojos y que luego descienden disimulada y velozmente hasta la punta de los pies en una radiografía tan frívola como precisa (y exactamente igual a la que realizamos nosotras con ellos). Algunas mujeres miran mis tobillos de hueso frunciendo el ceño. Hay mujeres a las que les molesta que alguien vaya más desnuda (o menos vestida) que ellas, y enseñar los tobillos en enero es ciertamente una forma de desnudez. Cuando me preguntan, siempre respondo lo mismo: soy claustrofóbica, no puedo llevar medias, me ahogo, no soporto nada que me oprima.
Pero érase una vez una adolescente que tenía un perro. La adolescente era sumamente presumida y desordenada y el suelo de su habitación siempre estaba sembrado de ropa, libros, discos, restos de comida y revistas. Cuando ya no se veía ni un centímetro de parquet, su madre daba instrucciones a la asistenta para que no volviese a entrar en la habitación hasta que la joven la hubiese ordenado.
Su perro se llamaba Otelo, aunque en realidad no era suyo sino de su familia. En casa de la chica, como en todos los hogares civilizados, amaban a los perros y siempre habían tenido dos o tres (también es cierto que tenían un paseador que venía todas las mañanas para llevarlos a hacer ejercicio).

Otelo había nacido en casa y era hijo de Mila, una alocada y extraordinaria pastora del Pirineo. Para sorpresa de todo el mundo, Otelo escogió a la joven como ama (los perros tienen un solo dueño y, si tienen la opción, lo suelen escoger ellos). El perro la adoraba con un amor loco y obstinado, al que ella correspondía con alegría y despreocupación, que era como solía agradecer las muestras de afecto en aquella época.

Una noche, al regresar a casa de madrugada, la joven se encontró a su madre y a su hermano saliendo en coche con Otelo. Por lo visto, el perro había comido algo que le había sentado mal. Iban al veterinario de urgencias. La chica pidió que bajasen la ventanilla trasera y acarició al perro mientras le susurraba palabras dulces.

Regresaron al amanecer sin Otelo. La chica nunca había visto sollozar a su hermano. Una radiografía había descubierto que Otelo se había tragado unos pantis, que tenía una obstrucción intestinal y que ya nada se podía hacer por él.

Nunca he vuelto a llevar medias.

LOS MANUSCRITOS
(El Periódico, 20 de septiembre de 2017)

Hace unos días, un viejo y querido amigo de adolescencia me dio la fantástica noticia de que estaba a punto de publicar una recopilación de las crónicas políticas y sociales que escribió desde Estados Unidos durante los años que pasó allí como corresponsal.

Mi amigo es periodista –uno de los buenos– y va vestido de periodista a la antigua usanza, con americanas de pana en invierno y con el bolígrafo y la libretita asomándole siempre por uno de los bolsillos. Las americanas de pana son prendas humildes y encantadoras, formales y confortables a la vez (como deberían ser las personas), y aunque tal vez sea una simplificación, nunca he conocido a un mal tipo que llevase americanas de pana. Le pedí a mi amigo que me mandase las galeradas del libro en cuanto estuviesen listas y me sentí feliz de que accediese a hacerlo.

A las personas que nos movemos en el ámbito editorial, y aunque no tengamos ningún poder de decisión sobre lo que se publica (el único que decide en una editorial es el editor), nos piden constantemente que nos leamos manuscritos y a menudo accedemos, tal vez por un exceso de celo y de buena voluntad.

Pero en realidad leer un original es un acto enormemente íntimo. Pedirle a alguien que se lea tu libro es casi como pedirle que haga el amor contigo. Y sin embargo ocurre todo el rato. Si lo que has puesto en un manuscrito son tus vísceras, lo más fino y sutil que pueden producir tu mente y tu alma, lo más fascinante, incómodo y verdadero, ¿cómo puedes pedirle tan alegremente a un desconocido que lo lea y que opine sobre ello?

Decirle a alguien: «léeme» es muy parecido a decirle «quiéreme» y no se puede hacer a la ligera. Ninguna de las cosas importantes de la vida deberían hacerse a la ligera. Solo hacemos a la ligera, sin considerar las consecuencias, lo que en realidad nos importa un pimiento. Nunca le he pedido a nadie que me leyese, como tampoco le he pedido nunca a nadie que me besase.

Y me gusta elegir los libros que voy a leer. Creo que el primer paso –el primer gesto, ese diminuto e imperceptible movimiento hacia algo– es importante. Lo es en el amor, pero también en la escritura y en la lectura, incluso cuando todavía es solo una intuición, un acto de fe, una leve inclinación.

Me encanta que editores y colegas me manden libros, pero prefiero elegirlos y comprarlos yo, dar sola ese primer paso. Tal vez la escena más importante de *Peter Pan* sea el momento en que Wendy da un paso al vacío y toma la mano de Peter, confiando en que volará. Tal vez elegir un libro sea un poco eso, decidir darle la mano a alguien, confiar en que no te dejará caer y en que volarás.

Pídeme lo que quieras, menos que te lea.

¿SALGO YO?
(El Periódico, 18 de octubre de 2017)

Tengo una joven amiga que antes de hacernos amigas se enamoró de mí. Estaba empeñada en que en mi siguiente libro saliese una historia de amor entre mujeres, y siempre añadía: «Porque, claro, para escribir sobre ello tendrás que probarlo.» Previamente, entre risas y lágrimas, mi amiga, que es tan dramática y exagerada como yo, me había hecho prometerle que si alguna vez decidía tener una historia con una mujer, ella sería la elegida. Ahora somos amigas, el destello que tenían sus ojos al verme cuando nos conocimos ha desaparecido y ya solo lo veo (a menudo, es muy enamoradiza) cuando me habla de sus nuevas conquistas.

Y hay un señor mayor en el bar al que voy a desayunar que el otro día se me acercó y, después de decirme que estaba preocupado porque hacía días que no me veía, me preguntó por mi próxima novela y, apoyando ambas manos sobre la mesa (él estaba de pie, yo sentada) con gesto de propietario (tiene los gestos de los hombres que han sido o se han creído dueños de demasiadas cosas), añadió cándidamente: «Porque imagina que en tu próxima novela la protagonista se enamora de un hombre de ochenta años...» Es justo la edad que tiene él. Le sonreí. Adoro a los insensatos y a los imprudentes. Y, como buen hombre de negocios acostumbrado a manejar números, añadió: «Porque, Milena, no te creas que es lo mismo enamorarse de un hombre de ochenta años que de dos de cuarenta, no tiene nada que ver.»

Y la semana pasada, en el restaurante del barrio, el dueño, un hombre de mi edad, divertido y muy listo, me preguntó también por la novela. Siempre me sorprende un poco su interés, ya que él mismo me contó que mi anterior libro no le había interesado y que no había logrado acabarlo, pero siempre agradezco que la gente que me cae bien se preocupe por mis cosas.

Le volví a decir que la novela iba lenta, que estaba un poco bloqueada, que la vida casi siempre me resultaba más apasionante que casi cualquier cosa que pudiese escribir y que para escribir algo genial (y también algo mediocre) había que dejar de vivir durante un tiempo. Me escuchó con un tedio evidente y, al final de mi explicación, me dijo: «Ya, ya, pero ¿en tu nueva novela salgo yo?» Nos echamos a reír los dos.

¿Salgo yo? ¿Salgo yo? ¿Salgo yo? Yo quiero salir en tu historia. Quiero ser visto más allá (muchísimo más allá) de mi vida cotidiana. Quiero que hables de mis ojos, de cómo los entorno, de mi generosidad. Quiero que retrates, porque sé que la ves, mi grandeza en medio de nuestra miseria. Quiero que me cuentes. Quiero que hagas caer la máscara y que digas: «Esto es lo esencial, esto es lo que importa.» Quiero salir en tu novela. Pero, sobre todo, quiero salir en tu vida. Aunque después no la lea.

«DÎNER EN VILLE»
(El Periódico, 15 de noviembre de 2017)

Hay una cosa que a los escritores les gusta más que contar historias: que se las cuenten. Después, por medio del talento y de la imaginación, transforman lo que ven, viven y las explican en una estructura narrativa que, si tienen suerte, atrapa al lector. En este sentido, la actualidad política tal vez esté resultando un poco decepcionante.

Te invitan a una cena en la ciudad, te vistes con esmero, compras flores o bombones y te diriges feliz (ya que se trata de amigos de verdad) hacia la casa de los anfitriones mientras te preguntas cómo estarán y qué novedades tendrán.

De repente, nada más sentarse a la mesa, alguien exclama: «¿Sabéis qué? ¡Mi hermano se ha hecho *indepe!*» con el mismo tono de horror que utilizaría para informarnos de que su hermano se ha hecho narcotraficante o de que ha ingresado en una secta peligrosa. Y otro amigo, con los ojos desorbitados, responde: «¿En serio? No puede ser. Si era muy normal...» Entonces, una chica que está sentada al otro lado de la mesa añade, suspirando con pesar: «Yo lo siento muchísimo por sus hijos. Eran monísimos.»

Al cabo de un rato, me doy cuenta de que hay una pareja en un rincón del salón susurrándose cosas al oído y pienso, llena de esperanza y de ilusión: «Tal vez se estén confesando crímenes terribles o se estén contando secretos emocionantes o estén jugando a decirse obscenidades.» Pero cuando me acerco como una escritora sigilosa, veo que no: también ellos están hablando del *procés*.

Al cabo de una semana, decido darle otra oportunidad a la vida social barcelonesa y acepto la invitación a cenar en casa de otros amigos. Nada más entrar, alguien exclama:

«¿Sabéis qué? El otro día estuve con Pepito y ¿sabéis lo que me contó?» Yo, conteniendo a duras penas la impaciencia, empiezo a imaginar posibilidades interesantes: tal vez Pepito se haya dado cuenta de que le gusta vestirse de mujer, o tal vez haya abandonado a su maléfica esposa, o quizá haya empezado a escribir una novela. Pero, en vez de eso, mi amigo dice: «¡Fue a la manifestación de los unionistas!» con el mismo tono espantado con el que mi otro amigo nos habían informado la semana anterior de que su hermano se había vuelto *indepe*. Y un escalofrío de pavor recorre la reunión.

Cuando mis amigos se han recuperado un poco del impacto de la noticia, con un hilillo de voz, digo: «¿Os acordáis de cuando en las cenas hablábamos de relaciones, de películas, de libros?» Y el anfitrión responde: «Ya, ya, ¡pero nunca adivinaréis quién ha colgado una bandera española en su balcón!»

Total, he decidido no volver a aceptar ninguna invitación de *dîner en ville* hasta después de las elecciones. Así no hay quien escriba una novela.

«COCO»
(El Periódico, 14 de diciembre de 2017)

Hay pocas cosas en el mundo que me gusten tanto como ir al cine. Puedo tragarme casi cualquier película, y aunque me quede dormida bastante a menudo, pocas veces he abandonado una sala antes de que acabase la proyección.

No me ocurre lo mismo con la literatura, si un libro no me atrapa en las veinte primeras páginas, lo cierro sin contemplaciones, y al enfado por no haber acertado se añade siempre una vaga sensación de pena y de fracaso («de todos los miles de millones de libros posibles, escogí este, me acomodé en el sillón, hice el silencio más absoluto a mi alrededor, acallé mi alma para poder escuchar mejor la suya y al cabo de veinticinco páginas, ¡¡veinticinco!!, ¿me deja en la estacada? ¡Pues a la basura ahora mismo!»).

A los libros llego casi siempre (ni el tiempo ni mis años como editora han alterado esa percepción) con la esperanza de vivir una gran historia de amor. No sé ligar con los libros, o es un amor absoluto o no es nada. Con las pelis, en cambio, me puedo enrollar sin problema, reír, llorar, disfrutar, indignarme, aburrirme, dormir después o durante y olvidarlas.

Y de repente, a veces, de forma inesperada, una película se convierte en un gran amor y te recuerda que en esta vida no todo es comer palomitas, distraerse y dormir la siesta.

Ayer fui a ver *Coco,* la nueva película de Pixar. Como a la mayoría de los adultos un poco infantiles que conozco, no me gustan nada las películas infantiles (por no hablar de las representaciones teatrales para niños o de ese infierno en la tierra llamado Disneyland París).

Coco es la versión esperanzada y colorista de *Los muertos* de John Huston, una de mis películas favoritas. *Coco* no es solo una película sobre la muerte, tampoco es solo una película sobre la obligación de no olvidar a los muertos, *Coco* es sobre todo una película sobre la necesidad de no olvidar que fuimos amados.

Tal vez sea esa una de las primeras cosas que olvidamos cuando alguien muere. Nuestro propio amor, ahora sin destinatario, nos quema y nos arrasa, pero el amor de la otra persona va palideciendo, se desdibuja y se convierte en humo.

Coco nos recuerda que el amor que sintieron por nosotros nuestros muertos sigue ahí, intacto, reluciente, absoluto, dolorosamente exacto a lo que fue, contra viento y marea, como cuando estaban vivos. Los viejos lo olvidan a menudo y creen que mueren solos, pero ningún ser humano que ha amado y que ha sido amado muere solo.

Coco habla de los fantasmas, de los que nos acompañan, de los que seremos algún día, también habla del amor como única forma de salvación posible. No es una película sobre la muerte, es una película sobre la vida. No se la pierdan. ¡Y además sale un perro!

PROUST Y EL «PROCÉS»
(El Periódico, 21 de diciembre de 2017)

Hubo un momento, hacia mediados de octubre, en que pensé que no volvería a leer ficción nunca más. Lo que ocurría en la arena política era tan bestia y tan enloquecido, reverberaba de tal modo en nuestra vida cotidiana y provocaba tantas pasiones y hecatombes, que creí que esta vez sí había llegado el final de la novela. Habíamos hablado tanto de ello y ahora resultaba que no eran las nuevas tecnologías o las series las que acababan con la literatura, sino la realidad.

Durante unos meses, la mejor novela del mundo se transmitió en directo y los únicos novelistas en activo fueron los periodistas. La historia tenía todos los elementos necesarios: era creíble e increíble a la vez, familiar e irreconocible, tenía un ritmo trepidante, se alternaban con maestría la emoción, la gravedad, la comicidad y la trascendencia, nunca sabías a ciencia cierta lo que iba a ocurrir a continuación, sus personajes principales no tenían ni pudor ni sentido del ridículo y todos, en algún momento, perdían la compostura y apelaban a la épica.

Tenía, además, el inigualable mérito de suceder a la puerta de casa: con solo colgar una bandera o golpear una cacerola te podías convertir en protagonista de la historia. Los periodistas ya no contaban cosas, nos contaban a nosotros mismos. Si a las cuatro de la madrugada abríamos un ojo, no era para asegurarnos de que nuestros hijos estuviesen teniendo un sueño sosegado o para beber agua, era para alargar al instante la mano hacia nuestro móvil y entrar en un periódico para saber lo que nos estaba pasando. Pero la historia fue perdiendo fuelle y lustre. En algunos momentos, apartaba la mirada del televisor y observaba mis libros de reojo, con nostalgia, como cuando te encuentras con un antiguo amor por la calle o con un amigo al que no sabes muy bien por qué dejaste de tratar.

Y volví a Proust, sin pensarlo demasiado, sin planificarlo. Su novela *En busca del tiempo perdido* tiene 2.400 páginas y leerla requiere tiempo y dedicación, a pesar de no ser en absoluto la lectura difícil y trabajosa que afirman algunos. Proust habla de todo, pero habla sobre todo de la búsqueda de alguien con quien compartir la existencia. Proust evidencia también la distancia que existe entre el genio y el talento. Y ya he vuelto a vivir en varios mundos, que es nuestro estado natural, conformarse con uno es una locura miserable. Releo a Proust mientras tengo la televisión puesta sin volumen, y cuando estoy cansada (es cansado leer, requiere esfuerzo, como cualquier amor), entro en los periódicos.

Hoy escribiremos nosotros el último capítulo, de momento, del *procés*. Intentemos que no se convierta en un culebrón que ya no quiera leer nadie.

Y USTED, ¿HA LEÍDO EL «QUIJOTE»?
(El Periódico, 7 de febrero de 2018)

Todo el mundo miente. Les mentimos a nuestros amigos, a nuestros amantes, a nuestros hijos, a los médicos, a los camareros, al frutero y al señor que nos vende las brazadas de mimosa, a las personas a las que queremos seducir y a las que nos importan un pimiento y estarán cinco minutos en nuestra vida.

Lo hacemos por amor, por buena educación, por pudor, por soberbia, por inseguridad, por vanidad, por miedo, por cortesía, por ignorancia, por benevolencia, por atolondramiento. Casi nunca mentimos para engañar. Creo que en general se miente más por bondad y por ansias de belleza que por maldad o cálculo, a excepción tal vez del mundo de la política y de otros centros de poder.

Me costó muchos años entenderlo puesto que en mi casa la única religión que se practicaba era la de la verdad. Mentir se consideraba un pecado capital y todo el mundo iba con la verdad por delante, como una lanza afiladísima, dejando reguiros de sangre y cadáveres por encima del parquet y de las alfombras persas. La verdad era el bien supremo y estaba incluso por encima de la compasión, de la cortesía o del sentido del humor.

Los escritores, que somos grandes mentirosos (aunque a la vez solemos ser muy crédulos), mentimos para intentar mejorar el mundo, ordenarlo y que dé un poco menos de asco. No es tarea fácil y casi nunca lo conseguimos.

Yo soy la más crédula de las crédulas pero tengo un radar infalible para la gente que miente sobre lo que ha leído. Aunque lo cierto es que la gente miente cada vez menos a ese respecto. El otro día vi una entrevista con la famosa diseñadora Donatella Versace y a la pregunta «¿Qué está usted leyendo en este momento?», respondió candorosamente: «Revistas...», y se quedó tan ancha.

Mi detector es especialmente infalible para los que afirman haber leído a Proust. En general, todos los que mencionan la historia de la magdalena es que no lo han leído o solo han leído el principio. Ocurre lo mismo con don Quijote y los molinos de viento. Y con el infierno de Dante. Y con *kafkiano* de Kafka, un adjetivo que el que lo utiliza siempre lo utiliza mal, supongo que porque no ha leído a Kafka. También soy capaz de decir por el modo en que uno sujeta y manipula un libro si es un lector asiduo u ocasional y si le gustan los libros.

Cualquiera puede decir «te querré siempre» o cosas peores con convicción, pero nadie puede afirmar con aplomo que ha leído el *Quijote* si no es verdad. Tal vez esto se deba a que cuando uno dice «te querré siempre», a veces lo cree de veras y en cambio, cuando uno afirma haber leído a Cervantes, sabe perfectamente que es un embuste.

¿Y ustedes? ¿Han leído el *Quijote?* Yo sí. Entero. Quince veces.

LA CONVALECENCIA
(El Periódico, 8 de marzo de 2018)

Recuerdo los días de convalecencia de mi infancia como algunos de los más felices de mi vida. Cuando por fin bajaba la fiebre y el dolor cedía y emergíamos como pequeños fantasmas en pijama, pálidos, frágiles y con ojos de sueño después de unos días de sopor y de malestar.

Ya no estábamos realmente enfermos, pero tampoco estábamos curados del todo y el médico recomendaba que nos quedásemos unos días más en cama.

La casa durante la semana era distinta que los sábados y los domingos. Se percibía el ajetreo de los días laborables tanto en el interior como en el exterior. Podía oír a los niños jugar y gritar en el patio del colegio de al lado mientras la chica trajinaba canturreando y el sol de la infancia lo invadía todo.

Yo veía la tele, dormitaba o leía. Mi abuela, que vivía en el piso de arriba, venía a visitarme. Me tomaban la temperatura y me hacían arroz hervido y compota de manzana. Esos días, mi madre, cuando regresaba del trabajo, entraba en mi habitación de puntillas y no en tromba como solía hacer, se sentaba en mi cama y me ponía con suavidad la mano en la frente.

Como tengo la suerte de trabajar en casa, he podido repetir esa experiencia con mis hijos y siempre dejo que se queden conmigo uno o dos días más después de que la enfermedad haya pasado. Yo escribo mientras ellos, envueltos en una manta con un vaso de zumo de naranja al alcance de la mano, ven la tele o juegan a sus cosas.

Pero los adultos ya no convalecemos de nada. Hoy en día las cosas van tan deprisa que a veces ni siquiera llegan a suceder. No tenemos tiempo de convalecer. Antes la gente hacía largas convalecencias y pasaba semanas enteras en casa o en el campo. La medicina ha acortado todo eso, ahora hay pastillas para la gripe que en tres días te ponen en pie, lo cual es positivo, claro. Pero ese tiempo suspendido de convalecencia también era importante, esos momentos en que uno sentía cómo el cuerpo y el alma se iban reponiendo, cómo recobrábamos el apetito, las fuerzas y las ganas de levantarnos y de hacer cosas.

Deberíamos convalecer de las enfermedades, pero también de los amores (de los grandes y de los pequeños). Deberíamos convalecer de los éxitos y de los fracasos (el otro día leí una entrevista a Modiano en la que afirmaba haberse recuperado muy bien del Premio Nobel, como si estuviera hablando de la gripe). Convalecer de los momentos en que uno ha sido locamente feliz. Convalecer de los pesares. Ya ni siquiera hay luto y sin embargo lo hay. Convalecer de los veranos radiantes y de los inviernos grises que arrastran los pies, de las noches luminosas y de los días oscuros. Hay que convalecer de la felicidad y de la pena. Es la única manera de no ponerse enfermo.

LA VERDADERA HISTORIA DE «OLVIDADO REY GUDÚ»
(El Periódico, 27 de junio de 2018)

Hace un par de días se cumplieron cuatro años de la muerte de Ana María Matute. Coincidiendo con esa fecha, su editor ha publicado una edición conmemorativa de *Olvidado Rey Gudú* y han salido varios artículos sobre la gestación de la novela, su publicación y el fulgurante éxito que obtuvo.

Ana María Matute fue el primer autor de Editorial Lumen, la primera autora que contrató mi madre cuando con veintitrés años mi abuelo le puso la editorial en los brazos. Era el año 1959. Ninguna de las dos olvidó nunca aquel primer encuentro en casa de mis abuelos, con el marido de Ana María y mi abuela hablando por los codos, la chimenea encendida y Ana María y mi madre comiendo en silencio una tarta de manzana que la cocinera había preparado especialmente y que era, según Ana María, la mejor tarta de manzana que había probado nunca.

Mi padre la había conocido un tiempo antes y siempre contaba una anécdota que nos encantaba. Al parecer, la Matute llevaba semanas sin hablar; a veces, harta del mundo, se encerraba en un mutismo obstinado e inquebrantable. Estaban todos un poco inquietos. Entonces un día mi padre se la llevó a comer. Ana María se sentó en la silla sin decir nada, abrió la carta, la estuvo observando muy seria durante unos minutos y de repente exclamó: «¡Chateaubriand! ¡Quiero un filete chateaubriand!» A Ana María le encantaba la carne. Y así acabó aquel episodio de mutismo.

Mi madre publicó casi todos los libros infantiles de la Matute y muy pronto Ana María le empezó a hablar del proyecto de *Olvidado Rey Gudú*. Iba a ser un libro infantil pero también para adultos, una larga saga medieval en un reino fantástico. A mi madre le encantó la idea y firmaron un contrato. Pero fueron pasando los años y el libro no se acababa de escribir nunca, y Ana María pasaba épocas mejores y épocas peores, como todo el mundo, pero nunca había sido una mujer previsora o ahorrativa, y escribía menos y su nombre ya no sonaba tan a menudo.

Y entonces, un día del verano de 1995, sonó el teléfono en nuestra casa de Cadaqués. Era Carmen Balcells. Le dijo a mi madre que había encontrado a un editor dispuesto a pagar mucho dinero por *Olvidado Rey Gudú*, una cantidad de dinero que en aquel momento podía resultar de gran ayuda a Ana María, pero para eso ella tendría que renunciar al contrato firmado tantos años atrás. Mi madre se despidió de Carmen y se quedó pensativa unos minutos. Mi madre era una mujer de otra época y pensaba que por encima de los contratos y del dinero estaba la amistad, que más importante que lo que hubiese sido mejor para el negocio estaba lo que iba a ser mejor para Ana María. Al llegar a Barcelona, rompió el contrato. El resto es historia.

EL LIBRO DEL OTOÑO
(El Periódico, 29 de agosto de 2018)

Tuve la suerte, creo que es una suerte, de nacer en una casa repleta de libros, en una familia que se ganaba la vida fabricándolos e intentando venderlos. Se hablaba de libros del mismo modo que imagino que se debe de hablar de plantillas y de cordones en una familia de zapateros o de chorizos en una de charcuteros: con conocimiento de causa, con humildad, con pasión, con respeto, con familiaridad, sin pretensiones ni esnobismos absurdos, con amor, y también de vez en cuando con sorna, hartazgo, preocupación o desespero.

De niña, lo peor que podían regalarme para mi cumpleaños eran libros. Cuando veía el característico paquete cuadrado y duro sentía un profundo y repentino desánimo, lo abría a toda prisa y casi sin mirarlo lo depositaba en cualquier sitio.

Sigo considerando, qué poco cambiamos a partir de los seis o siete años, que un libro no es realmente un regalo, tampoco es un capricho, es algo mucho más básico, una obviedad, algo que debe estar siempre al alcance de la mano para no sumirnos sin remedio en la más profunda de las miserias, como el mar.

La única cosa que permito que mis hijos compren sin límite son libros. Incluso en las épocas más ruinosas, cuando vamos a una librería saben que tienen derecho a hacerse con todos los libros que deseen.

De niña leía bastante pero jamás me obligaron a ello, mis padres consideraban que nuestra única obligación era ser felices y estar bien educados. Las buenas notas se daban por sentado y no se consideraban demasiado valiosas. Lo mismo que ganar dinero. De todas las cosas interesantes que podéis hacer, decía mi madre, dedicaros a ganar dinero es la menos apasionante de todas, cualquiera que quiera hacer dinero, y que esté dispuesto a no ser siempre absolutamente honesto para lograrlo, lo puede conseguir, ser rico no tiene mérito alguno.

Así que no tratábamos a ricos, tratábamos a escritores. No leía a ninguno de ellos. No los leí durante mucho tiempo. No leí a Barral, ni a Jaime Gil, ni a Ana María Moix, ni a Terenci, ni a Carmiña, ni a Umberto Eco, ni a Marsé, ni a José Agustín Goytisolo, ni a mi madre. No leí a la Matute durante todos los años que la traté, y fueron muchos. No la leí después de que fuese la primera persona que vino a visitarme al hospital cuando nació mi segundo hijo. La quería, ¿qué falta hacía leerla? Leer es una forma de posesión, pero el amor es mejor.

La he leído este verano. Acabé hace unos días *Primera memoria*. Es un libro extraordinario y luminoso, fácil y limpio, hondo y radiante, parece escrito antes de ayer. Como no se lo puedo decir a ella, se lo digo a ustedes. Y léanlo.

EL MEJOR BAÑO DEL VERANO
(El Periódico, 5 de septiembre de 2018)

A estas alturas de septiembre es posible que algunos de ustedes, los suertudos que hayan podido ir de vacaciones y las hayan pasado junto al mar, ya sepan cuál ha sido el mejor baño del verano.

Los veranos tienen sus propias cuestiones vitales que en invierno olvidamos a veces para sumirnos en asuntos mucho más triviales y absurdos.

En verano queremos saber si mañana hará viento y podremos salir en barca. Si hará sol. Si hay vino blanco y cervezas en la nevera. Si ya son las doce y podemos empezar a beber mientras llegan los amigos que han ido a la playa e intentamos escribir algo que no sea vomitivo. Queremos saber quién ha extraviado la gorra reseca y viejísima de los Yankees de Enric sin la que, según él, el verano no tiene sentido y se puede acabar ahora mismo. Y dónde está el capazo de paja. Y dónde cenaremos. Y con quién. Mientras más gente mejor, pero entonces no cabremos en ninguna de las mesas de los sitios recónditos y humildes que nos gustan. Queremos saber si todos los niños se han bañado. La única regla del verano, al menos en casa, es que hay que bañarse cada día, pero si prefieres no bañarte, no te preocupes, no pasa nada. Si alguien ha logrado que Noé meta la cabeza debajo del agua. Queremos saber por qué las hormigas invaden el baño, por qué los mosquitos le pican siempre a él, por qué la sal lamida del hombro de mi hijo pequeño es el manjar más exquisito del mundo. En algún momento, pasados los primeros días, querremos saber cuántos veranos más nos quedan como este, cuánto tiempo más estaremos exactamente como ahora, rodeados de nuestra gente, sintiéndonos queridos, no a la intemperie. Y lo pensamos con un dolor repentino y profundo que apartamos rápidamente porque ya somos perros viejos y un poco sabios, y sobre todo en verano, con la ayuda del mar, del vino, de los niños y de los besos, sabemos esquivar con gran habilidad la oscuridad para ponernos como lagartos al sol. Pero antes de convertirnos en lagartos, intentamos negociar con la vida porque somos sabios pero a la vez un poco estúpidos: ¿diez veranos más? ¿Veinte sería demasiado pedir? ¿Quince? Y dónde está la hamaca del año pasado. Y hay que tirar esta barbacoa chamuscada a la basura. En verano nos damos cuenta de que todo lo que hemos perdido, lo recuperamos, como una bendición y de momento. Y la pregunta más importante: ¿está buena el agua? Aunque estemos a la orilla del mar y a punto de meter un pie. Y el año que viene compraremos una Zodiac. O al menos otra barbacoa.

¿CUÁNTAS PALABRAS TIENES?
(El Periódico, 3 de octubre de 2018)

Nunca he podido permitirme el lujo de aislarme para escribir. Siempre lo he hecho en medio del caos y del desorden que supone cualquier vida: criar a dos hijos, llevar una casa, trabajar, relacionarse con el mundo exterior, no tener dinero, resfriarse, olvidarse de llenar la nevera o de pagar las multas, organizar fiestas, pasar días y semanas siendo locamente feliz y despreocupada, viajar.

Y sin embargo comprendo y comparto esa necesidad de aislamiento de la mayor parte de los escritores. Hay personas y profesiones, los políticos por ejemplo, que se nutren de la energía de los demás. No es el caso de los escritores, la única gasolina del escritor es él mismo, cuando esa energía se agota, no hay más, y ese tipo de combustible, ese ímpetu y esa fuerza (escribir un libro, incluso un libro malo, es un esfuerzo titánico de concentración, de constancia y de fe en uno mismo), solo se regenera en silencio y a menudo en soledad.

Yo tengo unas cuantas palabras al día, solo unas pocas, no son infinitas ni mucho menos, y no decido yo cuántas son, una vez dichas, ya está, no pueden ser escritas, no queda nada por escribir, estoy vacía y no hay más hasta el día siguiente. Me puedo vaciar charlando con mi vecino sobre su perro labrador o hablando con un profesor universitario sobre Proust o intentando dar de baja una línea de teléfono, el tema da igual.

Entiendo bien las épocas de mutismo de la Matute en

las que decidía no hablar más. Hoy parece que las palabras escritas y pronunciadas se las lleva el viento. Me sorprendió hace unas semanas escuchar en repetidas ocasiones la afirmación de que uno no puede ni debe ser juzgado por lo que dice en su intimidad. Si no podemos ser juzgados por lo que decimos cuando estamos relajados bebiendo o comiendo, ¿cuándo debemos serlo?

¿Cuando pronunciemos el discurso de aceptación del Premio Nobel? ¿Durante la primera comunión de nuestra sobrinita?

Recuerdo la experiencia extraordinaria de oír hablar (de lo que fuera, y bromear y maldecir) a Miguel Delibes. Cada palabra con un peso específico, certera, precisa y hermosa, redonda, pulida y sombreada. Los escritores conocen el precio exacto de las palabras y las atesoran porque es lo único que tienen y porque saben que no siempre hay más. Recuerdo también a José Agustín Goytisolo, que, cada vez que acababa un libro de poemas, venía a la editorial y nos lo leía, desde el primer verso hasta el último.

A la mayoría de los escritores las palabras se nos acaban a diario y nos vamos a la cama cada noche sin saber si habrá más, como un enamorado cualquiera, ansioso por saber si al día siguiente su amada le seguirá queriendo.

CUÉNTAME UNA HISTORIA DE AMOR
(El Periódico, 24 de octubre de 2018)

Solo hay tres o cuatro temas para un escritor (y para un artista): el paso del tiempo, la muerte, la búsqueda del amor y de la belleza, la soledad. Siempre me hace sonreír la cara de apuro que ponen los escritores cuando los (malos) periodistas les preguntan sobre qué va su novela. ¿So-

bre qué va a ir? Si hace dos mil quinientos años que todas las novelas van sobre lo mismo.
El otro día fui a ver *Ha nacido una estrella*. Recordé la pésima *La La Land,* una película de la que no te crees nada: ni por qué se enamoran, ni cómo se desenamoran, ni la pasión, ni el dolor, ni nada de nada. La vi con mi hijo de once años, el más afinado crítico de cine que conozco, y salimos de la sala con la sensación rabiosa de que todo era falso, de que todo era mentira, por muy guapos que fuesen sus protagonistas, por muy bonitos que fuesen los decorados y la ambientación.
Me pregunté cuánto tiempo tendríamos que esperar antes de poder decir, sin que nos acusasen de cínicos y de aguafiestas, que la película no era buena. A veces deben pasar algunos años antes de que alguien ose opinar que una obra, a pesar de haber tenido gran éxito, no tiene interés. Respiré aliviada hace unas semanas al leer las opiniones (que comparto, yo solo logré leer cincuenta páginas) de Javier Marías sobre Karl Ove Knausgård. Tal vez el único juez objetivo de una obra sea el tiempo.
Lo contrario ocurre con *Ha nacido una estrella.* Solo ha habido y hay una historia de amor, se trata de saber contarla: la de *Romeo y Julieta,* la de Salamano y su perro, la de Elliott y E.T., la de Peter Pan y Wendy, la de Escarlata O'Hara y Rhett Butler, la de Proust y su abuela, la de Gabriel Conroy y Gretta. Y la que cuenta Bradley Cooper en *Ha nacido una estrella.*
Siempre que algún amigo escritor me cuenta que ha escrito un libro, después de alegrarme mucho y de felicitarle por haber logrado una proeza así, le pregunto, llena de ilusión: «¿Hay alguna historia de amor?»
Como dice Michel Houellebecq, el mejor (y más romántico) de los escritores franceses contemporáneos, en su

poema «*HMT*»: «Y el amor, donde todo es fácil, / donde todo se da al instante.»

Al principio de *Ha nacido una estrella,* antes de intercambiar una sola palabra, el protagonista, una estrella de rock de vuelta de todo (gran Bradley Cooper), escucha cantar a la chica (una inmensa, alucinante, conmovedora Lady Gaga) en un bar. Ella acaba la canción tumbada en la barra; de repente, vuelve el rostro hacia él y se miran un instante, un segundo, tal vez dos, y ahí está todo. Si la película acabase en ese momento, ya sería magnífica, pero ese es solo el principio, hay mucho más. No se la pierdan.

EL PRÓXIMO «CIEN AÑOS DE SOLEDAD»
(El Periódico, 31 de octubre de 2018)

La misma noche en que se falló el Premio Planeta de este año, el cultísimo y adorable Sánchez Dragó declaró que al acabar el libro de su hija, que había quedado finalista, había tenido la misma sensación que al acabar *Cien años de soledad.*

Achaqué el comentario al amor de padre (a pesar de que unos días más tarde Dragó escribiera un artículo reafirmando su opinión y asegurando que su juicio era absolutamente objetivo). Yo también estoy convencida de que tengo a dos genios en casa, creo que mi hijo mayor ganará sin duda algún Premio Nobel de ciencia y que el pequeño, además de bailar tan bien como Childish Gambino, podrá optar a ser el próximo Marlon Brando, a dirigir el país (aunque eso hoy en día tal vez no signifique demasiado) o a ser el mejor abogado del mundo.

Recordé la educación tan distinta que recibí yo, los escasísimos halagos, el amor rocoso y profundo que casi nunca se expresaba en voz alta, la obligación de estar siempre a la altura y de no estarlo nunca del todo. Una parte importante de todo lo que he hecho y de todo lo que hago es para que mis padres y mis abuelos no se revuelvan en sus tumbas pensando que soy un desastre, una boba y una floja, y para que mis hijos, cuando sea yo la que esté en la tumba, no me recuerden de ese modo.

Decir de un libro, que además ha escrito tu hija, que es tan bueno como *Cien años de soledad* es lo mismo que decir que es una birria o que no decir nada.

Seguro que alguien volverá, algún día, a escribir algo tan genial, maravilloso, revolucionario, conmovedor y fundacional como *Cien años de soledad,* pero no será en este siglo y no lo verán nuestros ojos. Y todos los que escribimos, a no ser que estemos ciegos y que seamos unos ilusos o unos ignorantes, lo sabemos y escribimos con ese peso sobre nuestras espaldas, con ese impulso también. Todo lo que uno escribe, todo, ya ha sido escrito antes.

Nunca he entendido la envidia entre artistas (ni tampoco por la gente más bella, más talentosa o más afortunada que uno mismo), uno se postra ante la grandeza y, si es tan exagerado como yo, agradece a los cielos haber vivido en la misma época y haber respirado el mismo aire que García Márquez, Ingmar Bergman o Pina Bausch. Sentí la muerte de estas personas no como la pérdida de un ser querido y adorado, sino como la extinción de un animal único, hermoso e irrepetible.

Los milagros no ocurren tan a menudo, hay una línea recta que une a la *Ilíada* con la Biblia, con Shakespeare, con Cervantes, con Marcel Proust, yo creo que no son más de diez obras en total, y tal vez la última, al menos de momento, sea *Cien años de soledad.* Hasta que uno de mis hijos se ponga a escribir, claro.

2. Los finales felices

EL ROCE Y EL CARIÑO
(El Periódico, 13 de marzo de 2016)

Una de las frases hechas que más detesto y que más locas y absurdas me parecen es la de que «el roce hace el cariño». En mi humilde opinión, y después de toda una vida de trabajo de campo muy esforzado y voluntarioso, yo diría que es más bien lo contrario. El roce hace el odio. O, para utilizar otra frase hecha, «tanto va el cántaro a la fuente que al final se rompe». No siempre, claro. Hay excepciones. Hay cántaros de muy buena calidad, muy resistentes. No quisiera por nada del mundo desanimar a los jóvenes que están leyendo estas líneas y que se inician ahora en las diversas modalidades del roce. Pero la cruda (y resistente) realidad es que las excepciones que yo conozco no suelen ser *humanas*.

El roce con el perro que te plantifica tu novio en casa sin avisar puede hacer el cariño, sí. He visto a personas que decían no sentir ningún interés especial por los animales seducidas absoluta y eternamente por un perro. Pero claro, por un lado, se tiene que ser muy desalmado para no encariñarse con un animal, y, por otro, los perros son grandes seductores. Combinan a la perfección la lealtad, el gusto por el juego, los silencios largos, el entusiasmo desenfrenado y el respeto. De hecho, podrían dar lecciones de seducción y simpatía a más de un humano. A las personas que van por ahí sin saber cómo actuar, yo les diría: compórtense como un perro (de los de verdad) y acertarán.

También el roce con una ciudad puede hacer el cariño. De joven, uno solo se enamora de personas y suelen ser amores rápidos y fulminantes, y el decorado importa poco. El amor por las ciudades es más bien cosa de viejos. Requiere tiempo y paciencia. Las ciudades deben recorrerse a solas, es necesario tejer con ellas una relación de tú a tú.

Ninguna ciudad se entrega fácilmente (uno de los mayores regalos que puede hacerte alguien es entregarte una ciudad, abrirla para ti, quitarle la cáscara, desgajarla), excepto Nueva York tal vez, que al ser el corazón palpitante del mundo —como debió de serlo Roma mientras duró el imperio romano o Atenas en el siglo VI antes de Cristo— tiene algo de prostituta callejera. Yo he tardado toda la vida en enamorarme de mi ciudad, Barcelona, y ahora por fin la miro, no la doy por sentado, la recorro con cuidado, la disfruto.

El roce con los libros también hace el cariño, y ese sí que es un cariño eterno, un amor que no falla nunca. El roce con la coliflor, el brócoli o el hígado no. El roce con la belleza sí.

En fin. Cuiden de sus cántaros, que no se rompan. Y ya saben, en caso de duda, compórtense como perros. Suele ser la mejor opción.

ADA AL VOLANTE
(El Periódico, 23 de marzo de 2016)

La vida no es buena novelista. Suele dejar un montón de cabos sueltos y de historias a medias, repite tramas y argumentos sin cesar, y encima al final todo lo soluciona siempre con el recurso tan facilón y tan manido de la muerte. Reconozco que como poeta es algo mejor.

Los que intentamos escribir tenemos que esforzarnos un poquitín más, claro. Un escritor debería ser una combinación perfecta de sentido común y de locura. Sentido común para crear situaciones verosímiles que los lectores puedan creerse y locura para empujar la realidad. Un narrador tiene la obligación de empujar la realidad, a veces lo hace hacia el pasado y a veces hacia el futuro. Se llama imaginación.

Por ejemplo: me embargan el coche –un vehículo familiar, destartalado, abollado, cubierto de rayadas y viejísimo, pero que funciona de maravilla la mayor parte del tiempo– por no pagar las multas. Por alguna estúpida razón, yo pensaba que si no pagabas las multas, te las descontaban de la cuenta bancaria y listo. Pues no. Al parecer, las multas se tienen que pagar. Activamente. Pues bien, el ayuntamiento me embarga el coche y lo primero que se me ocurre es imaginarme a Ada Colau al volante de mi viejo bólido, con las ventanillas bajadas y el flequillo al viento.

O conozco a un tipo atractivo, inteligente o divertido, e inmediatamente me imagino qué tipo de zapatos me pondría para salir con él. No soy en absoluto fetichista, pero a veces relaciono los zapatos con los hombres: hay hombres de tacón, hombres de zapato plano, hombres que te elevan, hombres que te aplastan, hombres que te hacen perder el equilibrio y mis favoritos: hombres con los que desde el principio te imaginas descalza y con las uñas pintadas de rojo.

O veo el fantástico documental *Amy* sobre la vida de la cantante Amy Winehouse e imagino de qué modo yo o cualquier otro adulto mínimamente responsable y sensible la habríamos podido ayudar si la hubiésemos conocido.

O leo una noticia sobre alguna enfermedad rara y al momento empieza a dolerme la cabeza y me pongo a redactar mentalmente la carta de despedida –emotiva pero contenida, llena de sensatez, sabiduría y esperanza– que les escribiré a mis hijos desde mi lecho de muerte.

Después, claro, nada de eso ocurre: Ada Colau solo va en metro o en vehículos ecológicos, el desconocido no me hace ni caso, nunca conocí a Amy y la terrible enfermedad mortal se me cura con un vaso de vino o dos. Por suerte ahí están las novelas para solucionar las carencias de la vida.

En fin, me voy a pagar las multas.

«POLÒNIA» EN CADAQUÉS
(El Periódico, 30 de marzo de 2016)

Como cada Semana Santa desde que nací, estoy en Cadaqués perdiendo el tiempo, que es lo que mejor se me da y lo que más me gusta, aparte de cuidar de mis hijos y de escribir. Decidimos ir a cenar al Beirut, un lugar mítico y maravilloso, y al entrar veo a Bruno Oro sentado en una de las cinco mesas del interior.

Nunca en mi vida he visto a Bruno Oro en persona y no le conozco de nada, pero como estoy en Cadaqués y Cadaqués es mi pueblo (en Barcelona nací una vez, pero en Cadaqués he nacido varias) y aquí conozco a todo el mundo, me voy directa hacia él, le doy unas palmaditas en la espalda y exclamo con gran entusiasmo: «¡Pero bueno! ¿Qué haces tú por aquí?» Él me mira con cara de sorpresa y los ojos muy abiertos mientras mis amigos, a mis espaldas, se tronchan de risa. Entonces caigo: a este hombre le conozco de la tele, no le había visto en mi vida y él a mí tampoco. A continuación, para disimular, me vuelvo hacia mi hijo pequeño y le digo: «¡¡¡Héctor!!! ¿Sabes quién es?» Héctor se pone muy rojo (su programa favorito es *Polònia*, adora a Bruno Oro y lamentó muchísimo su partida), me mira (también) con los ojos muy abiertos y no dice nada. Entonces, mi gran amigo imaginario, Bruno Oro, nos saca del apuro, le tiende la mano y le dice: «Hola, soy Bruno.» Paso el resto de la cena sumida en mi copa de vino blanco y con mis amigos tomándome el pelo y llamándome *groupie*.

Al día siguiente, estamos desayunando en el Marítim y de repente llega el presidente Puigdemont con su familia. Como ya he aprendido la lección del día anterior, me quedo sentada, muy digna y erguida, mirando al horizonte con cara de escritora seria y profunda, como si no pasara nada. El resto del bar hace lo mismo durante un rato, hasta que no pueden contenerse más y el dueño del bar primero, los camareros después, le saludan y le piden una foto. Yo ni me inmuto y sigo hablando de física cuántica con mi amiga Isabel mientras Héctor lee la prensa deportiva. De repente, se levanta, coge su iPad y nos dice: «Le voy a pedir una foto a Puigdemont.» Regresa al cabo de un momento con el selfi.

Por la noche llama a su padre y le dice: «Lo estamos pasando genial en Cadaqués, el pueblo está lleno de personajes de *Polònia*.» Al cabo de un rato recibo un whatsapp de mi ex: «Ya te he dicho mil veces que este niño ve demasiada televisión. Está empezando a confundir la ficción y la realidad.» ¿Y quién no? Pienso yo. Y le mando un emoticono de corazoncito.

YA SOY DEL BARÇA
(El Periódico, 27 de abril de 2016)

Me ha costado casi toda la vida aficionarme al fútbol. Mi abuelo era socio del Barça, mi hermano no se perdía ni un partido y el humor de muchas de las personas que venían por casa dependía de lo que hubiese hecho el equipo el fin de semana anterior. Recuerdo a Ana María Moix jugando al póquer y viendo a la vez un partido de fútbol bajo la mirada indignada de mi madre, que consideraba que no había nada más importante en el mundo que sus timbas y que no debían ser interrumpidas bajo ningún concepto. «Milena, te advierto que si tienes la poca delicadeza de ponerte de parto mientras estoy jugando a las cartas, no podré ir al hospital», me dijo, medio en serio medio en broma, una tarde antes de ponerse a jugar y habiendo yo salido de cuentas. Como soy muy bien educada y en casa siempre nos hemos tomado el juego (todos los juegos) muy en serio, esperé a que acabase la partida y mi hijo Noé nació a primeras horas del día siguiente.

Yo había visto innumerables partidos de fútbol, pero en realidad hasta hace un par de meses no había visto ninguno. Para mí ver un partido de fútbol consistía en sentarse resignadamente en un sofá con amigos alrededor y una cerveza en la mano y empezar a pensar en mis bobadas con la mirada fija en la pantalla. A veces me quedaba tan ensimismada que los goles me causaban un gran sobresalto, pero las alegrías de mis amigos son mis alegrías, así que me quedaba siempre hasta el final y celebraba con ellos sus éxitos.

Y de repente un día no sé por qué, estando sola en casa, encendí el televisor y me quedé viendo un partido de fútbol. Y de repente vi cómo Messi y sus compañeros se acercaban al área del contrario a toda velocidad sorteando obstáculos y haciendo cosas absolutamente increíbles con la pelota. Y me pareció el espectáculo más excitante y más bonito del mundo. Acabé gritando sola.

Así que ahora soy del Barça, de momento no me interesa ningún otro equipo, soy de amores exclusivos. Me preocupan el estado anímico de Messi y los peinados de Neymar como si fuesen miembros de mi propia familia, no me pierdo ni un partido y hablo alegremente de fútbol con todo el mundo.

Solo un pequeño nubarrón ha venido a ensombrecer mi nueva pasión. Yo ya imaginaba tardes memorables con mi hijo adolescente, que casi no me habla, y con mi hijo pequeño, que no hace otra cosa que hablarme, viendo partidos de fútbol, comiendo palomitas e indignándonos y entusiasmándonos a la vez. Pero ayer el pequeño, muy formal, me comunicó que ya no era del Barça, que se había hecho del Atlético de Madrid. Qué efímera es la felicidad.

FELIZ AÑO
(El Periódico, 4 de mayo de 2016)

Todo el mundo sabe que el año y seguramente la vida empiezan en primavera. Nada empieza en enero y todavía menos en septiembre.

Os podéis ahorrar todos los buenos propósitos de año nuevo porque es imposible hacer nada positivo cuando en el exterior se hace de noche a las cinco y media de la tarde, cuando uno va tapado hasta las orejas y cuando llevas desde el 24 de diciembre peleándote con tu familia, echando de menos a tus muertos, y comiendo y bebiendo demasiado por culpa del aburrimiento y del sentido de culpa. El 7 de enero somos irremediablemente la peor versión posible de nosotros mismos.

También me parece de bastante mala fe decir que el año empieza en septiembre. ¿Qué año exactamente? ¿Cómo puede empezar el año justo en el momento en que los hombres vuelven de vacaciones, morenos y guapos, con cara de sueño y con el pelo revuelto y un poco demasiado largo, y lo primero que hacen es ir a la peluquería a cortárselo? (Lo que a mí me causa todavía más desconsuelo que la tala anual de árboles de Barcelona, que ya es decir.) ¿Cómo va a empezar el año con la reunión de padres del colegio, con un grupo de adultos atractivos e inteligentes (que hasta ayer bebían gintónics al aire libre y solo se preocupaban de que los niños no cogieran una insolación) sentados en sillas diminutas mientras una chica les cuenta con todo lujo de detalles el método educativo de cada materia escolar? ¿Cómo va a coincidir el principio del año (curso lo llaman algunos, todavía más deprimente) con el momento en que salimos del mar por última vez porque el agua, tan acogedora hasta ese instante, de repente nos parece fría, cuando la brisa deja de ser brisa para convertirse en viento y nos preguntamos en qué maleta estaba aquel jersey que cogimos por si acaso?

No. La vida y el año empiezan en primavera (en Sant Jordi a veces). Lo sabe todo el mundo.

El año empieza cuando vas a la frutería y hay cerezas. Cuando el florista del barrio se asoma a la puerta de su tienda y te informa de que ya han llegado las primeras peonías. Cuando empezamos a sentir que la sangre en nuestras venas, como la savia de los árboles, circula más veloz, más impaciente. Cuando los calcetines empiezan a molestar y vuelves a descubrir que tienes una piel y un cuerpo que buscan la luz. Cuando antes de acostarte vas a

besar a los niños, que todavía duermen con edredón, y te das cuenta de que están empapados en sudor. Cuando sales a la calle pensando que realmente es el principio de algo, que realmente todo puede suceder.
Entonces empieza el año.

PREFIERO A LAS PERSONAS
(El Periódico, 11 de mayo de 2016)

En algunos lugares de Barcelona se ha puesto de moda cobrar a los clientes utilizando una máquina. En vez de que te cobre la persona que te ha atendido, metes las monedas y los billetes en una especie de hucha electrónica y esta te escupe el cambio. Como es una máquina, la mayoría de las veces funciona mal, claro.
Yo ya me había acostumbrado a los parquímetros de la zona verde. Normalmente intento pagar con tarjeta, pero la tarjeta, que funciona en todos los rincones del mundo, aquí no suele funcionar. Repito la operación tres o cuatro veces, en vano. Entonces, intento pagar con monedas. La máquina me las devuelve despectivamente. Repito la operación dos o tres veces. Entretanto, con tanto malabarismo, el billetero y las llaves del coche ya se me han caído al suelo y tengo a un señor o señora detrás con mala cara. Finalmente, decido ir en busca del encargado, que me conoce bien porque me tiene frita a multas (seguro que estoy en su Top 10 de los infractores de zona verde del barrio). Entonces el encargado me dice: «Venga conmigo, señora», coge mis monedas, las mete en la ranura y sale el tíquet sencilla y limpiamente. A la primera. A mí me entran unas ganas terribles de estrangularlo pero me retengo, no sea que me caiga otra multa.

También he aprendido a lidiar con las gestiones telefónicas y ya no me da un ataque de nervios cada vez que la telefonista dice: «Y ahora, señorita Busquets, vamos a volver a repetir toda la conversación para grabarla», cuando ya llevamos veinticinco minutos al teléfono.

Pero esto es nuevo. Ahora también vamos a poder ponernos frenéticos intentando pagar a una máquina unas manzanas o un bocadillo de jamón mientras el dependiente o el camarero nos mira con cara de circunstancia.

En algunos lugares, incluso tienen la desfachatez de colocar un platito para propinas encima del artefacto, con lo cual uno se queda con la duda de si la propina es para la estúpida máquina o para el que realmente te ha atendido (te ha sonreído, te ha tratado bien, ha comentado algo del tiempo o del fútbol contigo, a veces incluso te ha arreglado el día o ha reafirmado tu idea de que la humanidad es un asco). No sé si lo hacen por seguridad, por higiene o porque no se fían de los conocimientos de cálculo de sus empleados, pero en cualquier caso me parece una idea nefasta. Casi todo lo que sea poner intermediarios entre las personas me suele parecer un desastre.

Tal vez sea una romántica anticuada, pero yo, de momento o hasta que las máquinas no tengan solo ojos sino también mirada, prefiero que me cobre un ser humano, aunque se equivoque.

TODOS SOMOS MAPAS
(El Periódico, 18 de mayo de 2016)

Alguien dijo, creo que fue Rudyard Kipling, que todos somos islas. Bueno, yo creo más bien que todos somos mapas. Soy una especie de experta en el tema ya que, por un lado, estudié arqueología y no solo aprendí a interpretar mapas, sino también a dibujarlos, y por otro tengo la inmensa suerte de dedicarme a escribir, una labor que consiste esencialmente en descifrar y crear mapas humanos.

A veces imagino nuestras venas azuladas como carreteras cuyo tráfico acelera o se ralentiza hasta casi detenerse según lo que esté ocurriendo en nuestra vida. ¿Quién no ha pasado épocas enteras hibernando, etapas en las que nuestro corazón deja prácticamente de latir para no gastarse inútilmente, esperando el momento en que lo volvamos a necesitar? Y siempre llega ese momento. ¿Y quién no ha oído alguna vez el rumor de su propia sangre (como si fuera un zumbido en los oídos, una palpitación en las muñecas y en las sienes) circulando a toda velocidad por las venas como un río desbocado?

Todos somos mapas y poco a poco nos vamos convirtiendo en los lugares que hemos recorrido, en las personas que nos han recorrido, en lo que hemos amado (alguna gente, poca, acaba convirtiéndose en lo que ha odiado, por eso es mejor odiar lo menos posible).

Algunos mapas son claros y diáfanos como una flecha y parecen tan fáciles de interpretar como los cuentos con los que aprendimos a leer en el colegio. Otros son en apariencia más enrevesados y complejos, con más desvíos, carreteras cortadas y calles sin salida. Hay mapas aburridísimos de una sola dirección y con un cartel gigantesco arriba que pone «poder» o «dinero», algunas personas los llevan dibujados en la cara.

Hay mapas del miedo que consisten en un solo punto inmóvil y tembloroso. Mapas que llevan siempre al mismo sitio. Mapas que no llevan a ninguna parte. Mapas que ves que van a ser bonitos incluso antes de asomarte a ellos, mapas con caminos despejados bordeados de árboles y cielos altos y azules y el mar centelleando al fondo. Hay mapas verticales que te llevan a las catacumbas (donde a veces es necesario ir de visita, pero no muy a menudo y nunca para quedarse), mapas que te llevan al cielo, mapas falsos que desembocan en otros mapas falsos. Mapas como campos de minas. Existen auténticos mapas del tesoro ocultos bajo vidas en apariencia rutinarias y tristonas y que solo esperan que alguien las escuche para desplegarse. Mapas que te llevan a lugares que creías arrasados para siempre por el tiempo.

Y hay mapas que, finalmente, después de dar muchas vueltas, te llevan de regreso a casa y a la niña que fuiste. Esos son los mejores, claro.

LAS COSAS COMO SON
(El Periódico, 6 de junio de 2016)

Mi hijo de ocho años casi no sabe quién es Miguel Ángel pero ya sabe perfectamente quién es Banksy. No porque se lo haya explicado yo, en todo lo relativo a la vida intelectual de mis hijos adopté desde el principio el mismo criterio que utilizó mi madre con mi hermano y conmigo: meterme lo menos posible. Que todo, libros, películas, música, la posibilidad de ir al teatro y de visitar museos, esté al alcance de su mano, pero no obligarles a nada. Las dos habríamos preferido mil veces tener hijos salvajes antes que tener hijos pedantes. Al final, tuvimos la suerte de tener sencillamente hijos listos.

La cultura tiene que dar placer, y al placer, como al amor, uno llega solito, por su propio pie, dando saltos o a rastras, pero no a empujones. Te pueden acompañar hasta la misma puerta, pero no te pueden obligar a entrar.

Mis hijos me ven leer, ven las pilas de libros que se amontonan en casa y que van creciendo peligrosamente y que cualquier día nos sepultarán, me han visto con los ojos empañados ante algún cuadro, buscando su mano a tientas en el cine en medio de alguna escena emocionante, llorando a moco tendido con ciertas películas y escuchando mil veces en bucle la misma canción durante días. Pero no he intentado adoctrinarles.

A veces no puedo resistir la tentación de recomendarles algo y entro en tromba en la habitación del mayor, que ya tiene dieciséis años, y que considera que es un crimen imperdonable que alguien, sobre todo su madre, entre en tromba en su habitación, y le digo: «¡Tienes que leer esto! ¡Tienes que ver esto!», aun sabiendo que lo más probable es que no me haga caso, como hacía yo de adolescente con las recomendaciones adultas. Sé y acepto, por ejemplo, que los últimos libros que leerían mis hijos son los míos, yo todavía no he leído los de mi madre.

Así que la semana pasada en cuanto llegó mi hijo del colegio hablando de Banksy le propuse ir a comprar un libro sobre el grafitero británico. Por la noche, después de hojearlo durante un rato, al mismo tiempo que veía un partido de fútbol en la televisión y una serie boba en mi ordenador portátil, me dijo: «Banksy es como Calle 13, los dos dicen las cosas como son.»

Tanto Banksy como Calle 13 me gustan y me interesan, pero jamás se me habría ocurrido relacionarlos y jamás hubiese sido capaz de resumir como hizo Héctor, en una frase, a lo que se dedican. Le dije: «Héctor, eso está muy bien. Es exacto. Los dos dicen las cosas como son. Tal vez la labor de los artistas sea esa, decir las cosas como son.» Sin apartar la mirada de la pantalla, Héctor me contestó: «Mamá, por favor, ¿me puedes traer un vaso de leche?»

NO SIEMPRE GANA LA BANCA
(El Periódico, 22 de junio de 2016)

He conocido a grandes jugadores, ludópatas o como se quieran llamar. La mayoría de las personas trepidantes lo son, la mayoría de los artistas lo son, la mayoría de la gente que ha entendido de qué va la vida lo es también en cierto grado.

Más de una miembro de mi familia, de la de sangre y también de la elegida libremente, ha tenido que acogerse en algún momento al programa del ayuntamiento según el cual solicitas, de forma voluntaria, que no te sea permitido el acceso a las salas de juego, a los casinos y a los bingos.

Soy consciente de que en algunas ocasiones la adicción al juego se convierte en un problema serio que puede llevar a personas y a familias enteras a situaciones muy graves. Afortunadamente, no ha sido nuestro caso. Tal vez por eso nunca he sido capaz de escandalizarme ante los ludópatas (qué pesados y tramposos, los moralistas, los que utilizan las debilidades ajenas para izarse por encima de los demás), ni siquiera de juzgarlos.

Siempre he pensado que los que necesitan de los juegos *artificiales* casi nunca acuden a ellos antes de haber agotado todas las posibilidades de los juegos reales. Tuve una amiga cuya frase favorita era «¿Qué te apuestas?» y con la que me jugaba cenas, dinero, libros, ropa y favores varias veces al día. «¿Qué te apuestas a que el semáforo se pone en verde antes de que contemos hasta diez?», «¿Qué te apuestas a que no trae vino?». Siempre ganaba ella.

Por eso a los casinos suelen acudir los pobres que tienen demasiado y los pobres que ya lo han perdido todo. Tenía otra amiga que decía que su restaurante favorito para ir a cenar era el del bingo, la acompañé una vez y a pesar del jamón ibérico y de los pintorescos comensales me pareció el lugar más triste y solitario del mundo.

Pero no solo los que se pasan la vida en el bingo son jugadores, todos jugamos. Los grandes adictos al juego que he conocido eran ante todo adictos a la vida. Y solo se hacían adictos al juego cuando les quedaba claro que la vida no iba a cumplir sus expectativas. La vida, que nunca cumple nuestras expectativas pero que las cumple todas.

Sin embargo, existe una diferencia importante: en los casinos, la banca siempre gana (todos los ludópatas lo acaban reconociendo, algunos pasan incluso meses apuntando minuciosamente sus pérdidas y sus ganancias y construyendo estadísticas imposibles para intentar demostrar que no es así, pero finalmente siempre se dan por vencidos), en la vida no.

Es bueno saber que en la vida no siempre gana la banca, a veces ganas tú. Aunque solo sea temporalmente.

YO, TÚ, USTED
(El Periódico, 29 de junio de 2016)

Hace años que en algunos sitios me tratan de «señora». Antes incluso de llegar a los cuarenta ya me ocurría en algunos establecimientos, sobre todo en los que había frecuentado desde niña con mi madre. Al parecer, con su muerte heredé también el título de señora. Ni me importa, ni me abruma, y cuando me lo dicen rara vez les corrijo. Tampoco corrijo a la gente que dice mal mi nombre, o solo las tres primeras veces, después ya me quedo con «Mireia», «Malena» o el nombre que les dé la gana.

Las pocas veces que he intentado explicarle a un dependiente que yo no soy una señora y que no quiero serlo, que una señora para mí es alguien convencional, carca y aburrido, y que yo en todo caso aspiro a ser una dama, que es el femenino de caballero, o sea, alguien honorable, leal, compasivo, valeroso, sabio y honrado, me han mirado como si estuviese loca y me han ofrecido una croqueta.

Mi amigo Paco, en cambio, es un poco lo opuesto a mí, viniendo de una vieja familia de aristócratas, jamás dice su apellido de buenas a primeras y trata a todo el mundo de tú. Hoy me ha acompañado al banco para hacer unas gestiones, y cuando la banquera le ha preguntado su nombre, ha respondido simplemente: «Paco.»

Yo, que estaba un poco aburrida e irritada porque no me gustan los bancos, he exclamado:

—¿Cómo que Paco? ¿Qué pasa? ¿Que trabajas en un McDonald's?

La banquera y él me han mirado atónitos.

Yo he continuado, exaltada:

—Todos tenemos un nombre y un apellido, ¿no? —La banquera ha asentido muy seria. Paco ha empezado a reírse—. Menos los que trabajan en McDonald's, que llevan una chapa solo con el nombre pero en realidad también tienen apellido. Y está muy mal que no lo ponga en la chapa. Nadie es solo Pepe o Paco. Nadie.

—Ya, ya —ha dicho la banquera—. Pero mira, volviendo a los impuestos...

—Y otra cosa —he dicho yo—. ¿Qué es eso de hablarle de tú a todo el mundo? Ahora igual todavía no soy lo bastante vieja, pero dentro de cuatro años ya seré viejísima y querré que las dependientas me hablen de usted. ¿No veis que tanto «tú» empobrece la lengua? No podemos perder el «usted».

Paco ha bajado la mirada y ha dicho:

—Hasta que no dejemos de llevar chanclas no podemos pedir que nadie nos hable de usted.

He pensado que tenía un poco de razón y que, entre las

chanclas y el «usted», de momento me quedo con las chanclas.

Antes de salir del banco me he disculpado con la banquera, pero me ha dicho que ella también era de letras y que lo entendía todo perfectamente. Y que pensara en el plan de pensiones. Es la primera vez que me siento tan comprendida en un banco. Creo que mañana volveré.

EL VERANO DE LOS VALIENTES
(El Periódico, 20 de julio de 2016)

Cuando nació mi hijo mayor, unos amigos me regalaron uno de esos álbumes adorables y un poco cursis que sirven para documentar el primer año del bebé.

Yo solo documento las cosas con la memoria, que es el mejor filtro que hay, el más auténtico y veloz, el que decide qué nos acompañará siempre y qué será olvidado al cabo de un par de días o antes. La memoria hace una criba inmediata; sé, por ejemplo, que olvidaré la mayoría de los actos a los que he acudido este año para hablar de mi novela pero que recordaré el de Málaga. Sé qué besos quedarán grabados en mí como tatuajes y cuáles, al instante de ser dados, desaparecerán como arena entre los dedos, insípidos y fantasmagóricos.

Pero a mi madre le encantaban los álbumes, así que en cuanto me lo regalaron se lo quedó con el propósito (que cumplió, nunca la vi dejar a medias algo que se hubiese comprometido a hacer) de irlo llenando con los datos, las fotos y los comentarios sobre mi bebé. Fue especialmente escrupulosa con la sección de parabienes, unas páginas en las que los amigos y los familiares debían escribir sus felicitaciones y mejores deseos para el recién nacido. En algún lugar de casa, hay un álbum que contiene las hermosas felicitaciones de Ana María Matute, Ana María Moix y otras amistades que vivieron el nacimiento de mi hijo mayor como si se tratase del nacimiento de un príncipe de cuento y ellas fuesen sus hadas madrinas. Al principio de la sección de parabienes había una página reservada para la madre. Mi madre me persiguió durante semanas para que escribiese algo en ella. Al final, un día, harta de su insistencia y de que me colocase el maldito álbum delante de las narices a la menor ocasión, cogí el cuaderno y escribí, sin pensarlo demasiado, a toda velocidad: «Que seas valiente.»

Han pasado casi diecisiete años desde que escribí ese deseo (que, por cierto, me fue ampliamente concedido, no he visto a mi hijo mayor bajar la cabeza o apartar la mirada ni una sola vez en toda su vida) y sigo pensando que la valentía es prácticamente lo único que importa, el único instrumento útil para enfrentarse a la vida.

El verano –la luz a plomo durante el día y rosada por la tarde, los días largos y a veces apacibles, el tiempo desperezándose como un gato– es tiempo de valientes. Les deseo que den la cara por todo, por lo que quieren y por lo que no quieren. Les deseo que den la cara por su vida, por la única que van a tener (la que les costará la vida), por la que están a punto de cambiar, por la que se les va a presentar radiante o cadavérica (ojalá que sea radiante) en cualquier esquina inundada de sol.

EL REGALO DE NUESTROS HIJOS
(El Periódico, 7 de septiembre de 2016)

Hace unos días fui a cenar con un amigo y nuestros respectivos hijos adolescentes. El suyo, que normalmente vive en Miami con su madre, estaba de visita pasando las vacaciones de verano con él, y el mío acababa de regresar después de pasar unos días en el campo con su padre.

Son adolescentes normales, altos y espigados, un poco patosos, sanos y fuertes, listos y curiosos. A veces hablan como viejos sabios y a veces hablan como niños de tres años. A veces te adoran (disimulando) y a veces te desprecian (abierta y silenciosamente o resoplando). Cazan *pokémons,* siguen a unos cuantos *youtubers,* se pasan el día pegados al ordenador y al móvil. Se ríen a carcajadas y miran al infinito bastante a menudo. Les gusta que les cuentes cosas pero no soportan que les expliques nada. Están absolutamente en contra del tabaco. Sacan buenas notas. Van a colegios públicos. Leen menos que sus padres.

Después de que mi amigo y yo nos pusiésemos al día (trabajo, familia, amigos, series vistas, libros leídos, el culebrón político nacional –«¿a quién votarás tú la próxima vez?», «pues no lo sé, ya les he votado a casi todos...»– y chismorreos varios), mi hijo se puso a contar que estaba fabricando un horno solar paraboloide, de un metro de diámetro, con cartón y papel de aluminio para el trabajo de investigación de su instituto. Y a continuación el hijo de mi amigo nos contó cuáles eran las mejores universidades norteamericanas para seguir estudiando la trompa (o corno francés) cuando acabase el instituto, y lo que estaba haciendo para intentar conseguir una beca para ingresar en una de esas escuelas.

Entonces, de repente, me di cuenta de que nuestros hijos ya empezaban a ser más interesantes que nosotros. Más fuertes, más ambiciosos, con más futuro.

Y no sentí ni orgullo (el orgullo, como el sentimiento de culpa, no estaba demasiado bien visto en mi casa, uno tenía la obligación de hacer las cosas lo mejor que pudiese, ni lamentarse ni vanagloriarse luego servía para nada), ni pena, ni nostalgia, ni miedo. Me sentí afortunada.

Pasamos años tirando de nuestros hijos, dándoles nuestra energía y nuestro impulso, alimentándolos y empujándolos. Y, de repente, un día vislumbras a lo lejos, o ya no tan lejos, la fuerza que tendrán, la pasión que han heredado, el equilibrio, la luz. Y entiendes que dentro de un tiempo el foco de la vida estará encima de ellos y nosotros pasaremos a ser personajes secundarios. No pasará mañana, no pasará pasado mañana, pero pasará. Y será señal de que no hemos hecho las cosas tan mal. Y nos bajaremos del escenario con una graciosa reverencia y un beso lanzado al aire.

EL BESO
(El Periódico, 21 de septiembre de 2016)

Estamos en una de las salidas del Parque de Ibirapuera de São Paulo esperando a un taxi. Mi amiga, que sabe que soy una inútil para la vida práctica, intenta detener a algún coche (al parecer, los taxis en Brasil no llevan la luz encendida para señalar que están ocupados, así que en cuanto ves a uno tienes que levantar la mano e intentar escudriñar el interior para ver si está libre o no), mientras yo me entretengo mirando a la gente.

La mayoría son jóvenes, es domingo y hace mucho calor. Ellos van sin camiseta o con camiseta de tirantes, gorras, tatuajes, mochilas, patinetes, cuerpos acostumbrados al sol, morenos, sanos, flexibles e insolentes. Ellas, también jovencísimas, llevan vaqueros ajustados o pantalones cortos, deportivas y camisetas de tirantes o con los hombros o la tripa al aire, y manejan las tablas de *skate,* el descaro y la contundencia con tanta pericia como ellos.

Enfrente de nosotras hay un grupo de chicas esperando el autobús. Ríen, cantan, gritan, saltan y dan pasos de baile mientras interpelan a los chicos que pasan por su lado. No les llaman exactamente, más bien les vitorean. Ellos, claro, se muestran encantados, se pavonean, dan gritos de alegría y vociferan cosas que no entiendo mientras ellas se carcajean. Me recuerda vagamente a una escena de *West Side Story,* pero más palpitante y cruda, más sexy. Un grupo que pasa por un paso elevado sobre la carretera se detiene, les lanza besos y hace piruetas. Entonces ven a otro grupo de chicos descender por una cuesta. Uno de ellos es más alto que el resto, más corpulento, va sin camiseta y con una mochila colgada del hombro. Las chicas se ponen a gritar con entusiasmo. El chico las mira, vacila un segundo (solo un segundo), sonríe (no puedo verlo, está demasiado lejos, pero sé que sonríe) y se dirige hacia ellas. Se acerca sorteando coches, sin darse prisa, cruza los cinco carriles de la carretera como si estuviese cruzando un prado de margaritas, a cámara lenta. Sabe que el mundo se ha detenido a su alrededor.

En ese momento se acerca el autobús de las chicas, que salen disparadas para que no se les escape. Una de ellas duda un segundo, mira al chico y le besa. Se besan. Uno de esos besos que convierten al resto del mundo en un decorado, al resto de la humanidad en meros figurantes. No sé si existen las tormentas perfectas, pero sé que existen los besos perfectos. Estoy segura de que no se conocen, les une la juventud irresistible, la belleza. A continuación, ella también sale disparada y salta dentro del autobús. Todo ocurre en treinta segundos. Justo en ese momento llega mi taxi.

¿Cuánto tiempo hace que no besas a un desconocido?

EL CICLO DE LA VIDA
(El Periódico, 12 de octubre de 2016)

El ciclo entero de la vida está en cualquier cafetería. Los fines de semana salgo a comprar el desayuno para mis hijos, lo cual es, en realidad, una mera excusa para salir a zascandilear por el barrio. En estas excursiones prefiero no ir acompañada. Hay cosas que solo se pueden hacer bien en solitario. Creo que pasear es una de ellas.

El domingo pasado, de repente, a mitad de mi expedición, se pone a llover y corro a resguardarme en una cafetería.

Hay bastante gente. Una madre intenta calmar a su hijo pequeño, que, sentado en un carrito, llora histéricamente mientras su hermana, algo mayor, se pone perdida de chocolate y sonríe impávida mirando al horizonte como una princesa de cuento. La madre intenta enchufarle el chupete al pequeño como quien intenta cerrar un grifo, sin demasiado éxito.

En la barra hay un grupo de chicos adolescentes, llevan sudaderas y deportivas, bromean, se empujan y se abrazan riendo con estrépito. Les deseo que sigan abrazándose así hasta la edad adulta, con la misma alegría y falta de pudor y camaradería (un tipo de abrazo que solo se da entre hombres, los abrazos entre mujeres son otra historia).

Entonces, entra una pareja de bien (o de mal) con su bebé, van vestidos prácticamente iguales, mucho azul marino y beige, mucho cachemir, mocasines un poco demasiado relucientes para resultar elegantes, manoletinas con brillos. Los dos van muy bien peinados. El bebé, monísimo, también es «beige». En un momento en que su familia está de espaldas, veo al padre resoplar, el flequillo se le despeina imperceptiblemente. Me pregunto cuánto tiempo tardarán en estrellarse, o si les habrá tocado la lotería y podrán seguir viviendo siempre tan conjuntados, con la misma certeza de acero en la mirada.

En la mesa de la izquierda hay un hombre joven con un gran ramo de margaritas y rosas amarillas. A pesar del poco acierto en la combinación de las flores (recomendación, seguro, de una florista amargada), la mayoría de las mujeres le miran y sonríen. Hay que ser muy anticuado o estar muy enamorado para regalar flores. Deseo que el joven desconocido esté enamorado hasta los huesos.

En un rincón, dos hombres desayunan con su anciano padre que va en silla de ruedas. Los dos se entretienen a ratos con el móvil. La vida sin móvil sería casi tan horrorosa como la vida sin vino. Intento recordar si alguna vez fui a desayunar con mi madre cuando ya estaba en una silla de ruedas. A continuación pienso en a cuál de los dos hombres (los dos muy apuestos) me ligaría, si al que toma la mano de su padre y la acaricia con suavidad o si al que está enfrente.

Salgo de la cafetería. Ha dejado de llover. La vida sigue abierta de par en par.

LOS PUZLES
(El Periódico, 30 de noviembre de 2016)

Hace unos días, salí a cenar con unos amigos y nos pusimos a hablar de series de televisión. Comenté que me gustaba mucho *Homeland,* sobre todo por su protagonista femenina, tan valiente, intensa, atractiva y torturada. Mi amigo Dani dijo que le parecía una mujer maravillosa y muy sexy, mientras que su mujer, que estaba sentada al otro lado de la mesa, asentía.

A continuación, me preguntó si recordaba la primera escena de la serie y me la describió. Según el recuerdo de mis amigos, la serie daba comienzo con Carrie llegando precipitadamente a su casa. Una vez en su dormitorio, se quitaba la chaqueta, los zapatos, la camisa, las medias y la ropa interior y se quedaba en combinación corta. Entonces entraba en el baño, se pasaba una toalla húmeda entre las piernas, se lavaba los dientes a toda prisa y se tomaba una pastilla.

Yo no recordaba una escena tan íntima al principio de la serie, así que al llegar a casa aquella noche revisé el primer capítulo. La serie no comienza exactamente así, la secuencia que tanto había impresionado a mis amigos está a cuatro minutos del principio y apenas dura unos treinta segundos. Lo que para mí era una escena más bien banal y un poco cruda, para mis amigos era el colmo del morbo.

Las personas somos como puzles. Pero para conocer a alguien no necesitamos todas las piezas ni todos los detalles (se equivocan, creo, las personas que se empeñan en contárselo todo a su pareja. Ese *todo* a menudo no aporta nada), solo son necesarias las piezas clave. Es como cuando estás haciendo un puzle de verdad y encuentras el fragmento con el ojo del león, la punta del campanario o la guinda del pastel. Esas piezas son clave para un escritor; una vez las tienes, sabes que ya tienes a la persona y que si quisieras podrías comenzar su transmutación en personaje.

Uno no sabe cuáles son las piezas clave hasta que se las entregan, a menudo despreocupadamente. Es curiosa la facilidad con que damos información valiosísima sobre nosotros mismos, al lado de lo banal (las apariencias, los gustos, el «me gusta esto» o «detesto aquello») de repente hay una llave.

Las piezas clave son distintas para cada persona. En alguna gente, la vida sentimental resulta importante, en otros da exactamente igual. Y no todo el historial sexual de alguien es relevante. A veces, una persona con la que te acostaste una vez o nunca, una maestra de la infancia o un amor de verano dicen más sobre ti que tu esposa de toda la vida.

Todos somos puzles, y para entender a alguien no necesitas todas las piezas, solo cuatro o cinco. Eso sí, a veces se tarda toda un vida en encontrarlas.

CUMPLEAÑOS
(El Periódico, 7 de noviembre de 2016)

Hace un par de días, mi hijo mayor cumplió diecisiete años, le tuve con veintisiete. No creo que estuviese viva sin mis hijos. No es solo que la vida sin ellos, una vez les he conocido y criado, no me interesaría en absoluto. Es que si no los hubiese tenido no creo que estuviera viva.

No creo que hubiese sido capaz de hacer ninguna de las cosas que he hecho. No creo que hubiese sido capaz de abandonar la infancia. No creo que hubiese podido aceptar ninguna de las muertes del camino. No creo que hubiese aprendido jamás a hacer un huevo frito. Tampoco habría aprendido que las ventanitas del calendario de adviento se abren una a una y no todas de golpe. No sabría lo que es dormir tranquila, incluso cuando la vida alrededor no va demasiado bien, solo porque sé que mis hijos están soñando dulcemente (o no tan dulcemente) en sus camas. No sabría lo que es la paz. No habría escrito ni una línea. No recordaría ninguna tabla de multiplicar. No habría entendido que el amor solo sirve para despilfarrarlo, como el dinero.

Los libros no estarían en las estanterías más o menos ordenados. No tendría estanterías. No habría descubierto que soy un animal. No buscaría el gran amor, porque seguiría pensando que no existe. No habría aprendido a tener cuatro ojos o mil a veces para encontrar todo lo que les puede hacer gracia o dar placer, todo lo que les puede servir para estar más despiertos o para ser mejores personas. No sabría detectar la fiebre (y la pena y el cansancio y el hambre) a distancia. No habría rozado levemente ninguna frente con mis labios para ver si ardía. No sabría atar los cordones de los zapatos, ni poner una lavadora. No sería nada.

Mi madre solía decirme, medio en broma, medio en serio (la maternidad no fue nunca para ella la obviedad que es para mí, nunca le gustaron demasiado los niños): «Milena, ¿no podrías intentar disimular un poco para que no se notase tanto que lo único que te importa en este mundo son tus hijos?»

Me importarían un pito los eclipses de sol y los de luna, y el fútbol, y la extinción de las especies. No habría aprendido a ser feliz siendo siempre la segunda o la tercera. No habría salido del presente y de la nostalgia del pasado. No habría entendido la naturaleza del amor que sentí por mi madre. No habría velado el sueño de nadie, solo habría querido que velasen el mío. No habría aceptado jamás que mi vida dependiese de la de otro ser humano. No habría entendido que casi nunca pasa nada y que nada es demasiado importante, pero que en las cosas que lo son nos va la vida. No sabría que soy rica a pesar de sentirme tan a menudo arruinada.

Felicidades, pequeñajo.

NAVIDAD
(El Periódico, 21 de diciembre de 2016)

La Navidad es esa época del año en la que es demasiado tarde y demasiado pronto para casi todo. Demasiado tarde y demasiado pronto para ponerse a escribir. Demasiado tarde y demasiado pronto para hacer las paces. Demasiado tarde y demasiado pronto para ponerse a leer el *Ulises* de Joyce. Demasiado tarde y demasiado pronto para romperle el corazón a alguien (la mínima cortesía es esperar hasta Año Nuevo). Demasiado tarde y demasiado pronto para volverse a enamorar. Demasiado tarde y demasiado pronto para empezar a aprender alemán, judo o violín, y para dejar de fumar, y para intentar educar al perro, y para ordenar el armario, y para cambiar de vida.

Durante estos días, nada empieza, todo acaba o se ralentiza, y lo que no hemos hecho a lo largo del año tampoco lo hacemos ahora, por pereza, por miedo, por compasión, por desidia, por cansancio, porque está a punto de empezar otro año, otra historia, otra oportunidad.

Uno siente con cierta congoja cómo las ruedas del mundo van aminorando su marcha hasta casi detenerse el día de Navidad. Y el mundo, que normalmente te lleva en volandas, ávida y despeinada, en su noria cruel, espléndida, enloquecida y frenética, ese día te dice: «Ahora, querida, te tienes que bajar un rato de mi lomo, aquí te dejo, a las puertas de tu casa. Volveré dentro de unos días.» Y ahí te quedas, un poco aturdida por el frenazo, revolviendo el bolso y los bolsillos en busca de tus llaves, intentando recordar dónde demonios las metiste.

Como es demasiado pronto y demasiado tarde para casi todo, lo mejor es quedarse muy inmóvil (el menor golpe puede hacer que nos rompamos en mil pedazos), hacer solo movimientos minúsculos, gestos milimetrados, respirar solo lo justo (nada de respiraciones profundas), caminar como si en cualquier momento te pudieses caer (ponerse tacones solo para estar por casa), como si estuvieses pisando un lago helado y crujiente.

No nos subiremos a una silla para recitar un poema. No intentaremos imitar el genial discurso de Navidad de *Fanny y Alexander*. No besaremos a nadie que no hayamos besado antes. No miraremos álbumes de fotos. No leeremos poesía (tal vez leamos a Wodehouse o a Saki). No contaremos los días o los meses o los años desde que. No escucharemos a Leonard Cohen, o solo muy bajito y como de reojo. No oiremos casi nada de lo que nos digan. Suspenderemos el deseo de querer estar en cualquier otro sitio del mundo. Todo nos dará igual o nos parecerá perfecto, que es casi lo mismo. Pondremos en práctica los ejercicios de meditación aprendidos durante el año. Seremos felices.

La semana que viene ya podremos volver a pensar en cómo arreglar nuestro pasado y también nuestro futuro.

COMER, AMAR, JUGAR AL FÚTBOL
(El Periódico, 28 de diciembre de 2016)

Ya nadie tiene hobbys, ahora todo el mundo tiene pasiones. Los hobbys, pequeñas aficiones que nos daban placer, eran los pasatiempos que uno tenía, que podían ir desde el coleccionismo de botellas antiguas de Coca-Cola hasta el fútbol o la cocina. En esta época tan poco seria pero tan trascendente, los hobbys se han convertido en pasiones troncales que nos empeñamos en sacralizar e intelectualizar. «Su hobby es la cocina», decían, «hace un suflé de queso que casi nunca se desinfla.» O: «Su hobby es el fútbol, sobre todo no quedemos un día que haya fútbol porque no podrá venir.»

Yo creo que todo se fastidió el día en que empezamos a salir a cenar no para hablar, discutir, coquetear y pelearnos (recuerdo a mi madre llegando a casa a altas horas de la noche y contándome lo que había ocurrido en la cena, lo que había sido dicho, antaño en los restaurantes ocurrían cosas), sino para comer.

Tengo un amigo periodista que es uno de los hombres más brillantes de la ciudad. La última vez que salimos a cenar vi cómo él y sus amigos se pimplaban con gran delectación un vino que olía a huevos podridos, lo dijo el risueño sumiller al servirlo y así era (yo, que estoy bastante bien educada y que me acostumbré desde niña a la tortura de comer hígado, me lo bebí sin rechistar y creo que incluso tuve el ánimo de musitar un «¡ah, qué bueno!» apreciativo mientras intentaba beber sin respirar).

A veces pienso que si en vez de hablar de comida mi amigo hablase de Elvis Presley o de Marie Curie o de Wisława Szymborska o de su tía Conchita, yo sería la mujer más feliz del mundo. Si todo el tiempo de reflexión que dedica a la comida lo aplicase a otros temas, el mundo avanzaría más deprisa.

¿Por qué hemos de dignificar un placer tan pedestre (y magnífico) como comer? No lo hacemos con el sexo, que es mucho más magnífico (entre otras cosas porque es, a veces, la puerta de entrada del enamoramiento). No recuerdo lo que comí en ninguna de las comidas más importantes de mi vida, recuerdo a quién tenía delante, recuerdo cómo iba vestida, recuerdo incluso a algunos de los comensales de las mesas colindantes, pero no la comida.

No todo se pueda intelectualizar. Intelectualizar la comida casi nunca funciona, el sexo tampoco. Porque ni cocinar ni hacer el amor (ni, por cierto, jugar al fútbol) es un arte. Por eso es tan difícil escribir sobre sexo y escribir sobre cocina. Si lo banalizas, el resultado es mala pornografía, si lo sacralizas, el resultado es ridículo. Se puede ser un genio sin ser un artista. Messi lo es. Seguramente Ferran Adrià también. Pero, por favor, la próxima vez que vayamos a cenar mírame a los ojos, no al plato.

BAJA LOS PIES DE LA SILLA
(El Periódico, 4 de enero de 2017)

Cada mañana voy a tomar el cortado a una pastelería que está al lado de casa. Hay una única mesa muy larga que va de punta a punta del local. Siempre me han gustado las mesas comunitarias, en una de ellas se conocieron mis padres, así que las considero un lugar de intriga y emoción, aunque estén llenas de niños merendando y solo sirvan chocolate a la taza.

Si vas a la hora en que los oficinistas salen a tomar café, te puedes encontrar a alguno intentando impresionar a una chica con los cruasanes. Veo cada vez el forcejeo por quién paga la cuenta, la resistencia un poco fingida de ella, la alegría y el ímpetu de él, el roce ligero de un hombro o de una mano, las risas un poco nerviosas de ambos (y cada vez me alegro de que hombres y mujeres seamos tan distintos y de que a pesar de eso nos gusten los mismos juegos y nuestros gestos de cortejo encajen siempre con tanta precisión, con tanta gracia, con tanto optimismo). Si vas entre horas, suele haber alguna mujer mayor con perlas y esa rigidez un poco impostada que otorga el dinero y el no haber sabido despilfarrarlo lo suficiente. Si vas el fin de semana, puede suceder cualquier cosa.

El otro día, por ejemplo, un niño puso los pies encima de una silla. Estaba con su familia. El crío se había recostado contra la madre y tenía los pies encima de la silla de al lado. Me pareció muy mal, pero, por timidez, me limité a lanzarle algunas miradas amenazadoras, intentando imitar las que me lanzaba a mí mi abuela, y al ver que no surgían ningún efecto me centré en la lectura del periódico. Al cabo de un momento, llegó una señora mayor, con perlas pero sin ninguna rigidez, y al ver el espectáculo exclamó: «Niño, baja los pies de la silla, que aquí se va a sentar otra gente.» El niño la miró con una mezcla de lástima y desprecio y sin decir una palabra siguió repantigado en su silla. La señora repitió la misma frase sin que ningún miembro de la familia pestañease. Por un momento pensé que tal vez se trataba de una familia de sordomudos. Entonces empecé a hablar con la viejecita, que se había quedado un poco perpleja, le dije que tenía toda la razón, que yo jamás dejaría que mis hijos pusiesen los pies encima de la silla. La familia siguió como si oyese llover. Al final, el padre dijo: «Vámonos.» Se levantaron y se fueron.

La viejecita me dijo, riendo: «Me estoy convirtiendo en mi madre.» Y yo añadí: «Y yo ya me he convertido en mi abuela, pero tengo que perfeccionar su mirada.» Al salir los vi sentados en un banco de la plaza, pensé que me escupirían o que me dirían algo, pero no, me volvieron a ignorar muy dignamente.

El niño estaba sentado como un señor.

EL AMOR Y EL ABURRIMIENTO
(El Periódico, 8 de febrero de 2017)

No sé si hacemos más cosas por amor o por aburrimiento. Por aburrimiento escribimos novelas. Casanova se puso a escribir sus fabulosas memorias porque, arruinado, viejo, impotente y solo, ya no le invitaban a ninguna fiesta y ninguna mujer tenía ganas de estar con él, así que no tenía absolutamente nada mejor que hacer que ponerse a escribir. Por aburrimiento miramos por la ventana, hacemos fotos, aprendemos a jugar al póquer, ordenamos los armarios.

Por aburrimiento repasamos toda nuestra agenda de contactos y nos decimos que la próxima vez que lo hagamos eliminaremos a las personas muertas porque la verdad es que ya nunca más nos cogerán el teléfono, y que es una bobada absurda seguir conservando sus números.

Por aburrimiento vemos series, nos hacemos la manicura, fingimos cocinar y nos enamoramos del vecino. Por aburrimiento, aprendemos alemán y chino y griego antiguo. Por aburrimiento salimos a pasear y llegamos sin saber cómo a la otra punta de la ciudad, al mar y al horizonte.

Por aburrimiento inventamos historias, porque las que vivimos nosotros mismos casi nunca son suficientes. Por aburrimiento leemos historias ajenas y anhelamos que nos las cuenten también de viva voz, en la cafetería, en el quiosco, a la puerta del colegio, donde sea.

Por aburrimiento nos cortamos el pelo y en cuanto ponemos un pie fuera de la peluquería decidimos dejárnoslo largo hasta la cintura. Por aburrimiento seguimos trabajando. Por aburrimiento compramos libros y flores, sobre todo libros. Por aburrimiento salimos a correr.

Por aburrimiento besamos al primero que pasa, sin demasiados miramientos, para no adormecernos. Por aburrimiento pasamos las noches en blanco y dormimos la siesta durante el día. Por aburrimiento bebemos y fumamos. Por aburrimiento comemos. Por aburrimiento nos probamos los vestidos de verano en pleno invierno. Por aburrimiento ordenamos los libros por autores, y luego por países, y luego por géneros, y luego, finalmente, hacemos un montoncito con nuestros libros favoritos y los dejamos al lado de la cama para tenerlos siempre cerca. Por aburrimiento meditamos, vamos a yoga o a la iglesia, vemos ponerse el sol. Por aburrimiento limpiamos la cubertería de plata de la abuela y lavamos con champú infantil, uno a uno, todos los jerséis de lana de los niños. Por aburrimiento nos convertimos en expertos en Napoleón y nos hacemos mascarillas faciales que nunca sirven para nada más que para aparecer de sopetón en el cuarto de nuestros hijos con la cara verde o azul y darles un buen susto. Por aburrimiento vemos la televisión. Por aburrimiento nos damos baños de espuma.

¿Y por amor? Por amor soportamos el aburrimiento.

LA DEUDA
(El Periódico, 22 de febrero de 2017)

Estoy en el coche, es sábado por la mañana, acabo de salir de la radio, hace sol, he comprado desayuno para los niños y suena Adele. Hay poco tráfico, me deslizo rauda y veloz por las calles de la ciudad, mi coche es como mi segunda casa, veo el exterior pero tengo la sensación de estar resguardada. Me pongo las gafas de sol. El coche huele a cruasanes recién hechos. En una esquina, veo a un niño de unos cinco años con su padre. No les conozco, pero es obvio que son padre e hijo, los mismos rizos castaños, dos versiones del mismo cuerpo, compacto y ligero a la vez, la misma piel dorada.

Los miro lo que tarda el semáforo en pasar del rojo al verde y de repente pienso: «¡Qué suerte tengo! ¡Qué partida tan magnífica habrá sido! Cuántos amaneceres en paz he conocido. Cuántas veces me he sentido indestructible. Cuántas veces he pensado que entendía, y que era entendida, más allá de las palabras y más allá de todo por otro ser humano.»

No sé en qué momento dejas de pensar que el mundo te debe algo para darte cuenta de que en realidad el que le debe algo eres tú. Un día, el equilibro de la balanza se invierte: soy yo la que está en deuda, tengo una deuda tan inmensa que, aunque viviese mil vidas y escribiese doscientos libros, jamás podría saldarla.

Un día, pasamos del «yo esperaba más» al «lo he tenido todo, mucho más de lo que tal vez merezca, mucho más de lo que esperaba, y si caigo fulminada por un rayo en este preciso instante, pues que así sea, ha sido un viaje sensacional, lo doy por bueno».

Yo no he visto cosas que vosotros no creeríais como Roy Batty en *Blade Runner*. No he visto naves de combate en llamas más allá de Orión. No he visto Rayos-C brillar en la oscuridad cerca de la puerta de Tannhäuser.

He visto cosas que todo el mundo ha visto. He visto a mi hijo pequeño abrazarme después de dos días fuera de casa como si me hubiese ido al fin del mundo, hubiese luchado contra monstruos terribles y hubiese regresado sana y salva. He visto a un chico llevarse la mano al corazón (medio en broma y un poco en serio) cuando yo me alejaba en el autobús de línea que me llevaba de regreso a Bar-

celona. He visto a un hombre con jersey gris hacerle monerías a un bebé hindú que estaba en la mesa de al lado mientras este le tironeaba la manga. Y he visto el Partenón desde una habitación de hotel y he tocado el pie de piedra de los tetrarcas de la plaza San Marcos, como hacía mi padre cada vez que llegaba a Venecia. Y también he visto parir a mi perra Nana.
El coche que tengo detrás toca el claxon. Llego a casa. Mi hijo le está lanzando unos insultos espeluznantes a sus contrincantes futbolísticos de la Xbox. Pienso en que tengo que bajar la basura.

LOS DESCONOCIDOS
(El Periódico, 29 de marzo de 2017)

Mi amiga Carolina se encontraba en el aeropuerto de Buenos Aires a punto de coger un avión para regresar a Barcelona. Acababa de enterrar a su madre. Llevaba una maleta muy grande. Al pesarla, la chica del mostrador de facturación le dijo:
—Su maleta pesa veintiséis kilos y el máximo son veintitrés.
Y Carolina responde:
—Muy bien, pagaré el exceso de equipaje.
La chica la mira atónita e insiste:
—Pero ¿por qué no abre la maleta y saca algunas cosas y las lleva con usted en la cabina? Es absurdo pagar sobrepeso.
—Pagaré el exceso de equipaje —repite Carolina. Y añade—: Es todo ropa de mi madre y ahora no la pienso abrir. La abriré cuando llegue a mi casa. ¿Dónde tengo que pagar?
Dos silenciosos lagrimones le corren por las mejillas.

La chica de la compañía aérea se la queda mirando un instante y responde:
—En ningún sitio. Pasa.
Y, sin decir palabra, pega la etiqueta de exceso de equipaje en la maleta.

Hace unos días, regresaba yo a casa después de hacer unos recados por el barrio cuando, poco antes de llegar, vi a un perro desplomado sobre un costado en la acera y a su dueña en cuclillas acariciándolo y susurrándole mimos. Los peatones pasaban por su lado y se detenían a preguntar qué ocurría y si necesitaba algo. La mujer, una chica joven, les respondía un poco irritada: «No ocurre nada, por favor, apártense, necesita aire.» Para no molestar, me puse justo detrás de ella, y cuando hubo pasado la gente le pregunté: «¿Qué ha ocurrido? ¿Lo han atropellado? ¿Tiene alguna herida?» La chica se volvió sin levantarse y sin dejar de acariciar a su perro y me dijo: «No, no, no ha ocurrido nada. Pero es mayor y a veces se cansa y ya no puede más. Entonces se tumba un rato y luego se levanta y regresamos a casa.»

El perro yacía inmóvil sobre la acera, era de mi raza favorita (en perros y en humanos), callejero. Parecía muy mayor y muy cansado. Tenía el pelaje gastado, los ojos opacos y respiraba con dificultad. Murmuré: «Es muy mayor, pobre.» Y la mujer replicó: «Sí, tiene catorce años, no sé durante cuánto tiempo más podrá salir de casa.» En aquel momento, estúpidamente (me educaron para no perder la compostura), se me llenaron los ojos de lágrimas y a la dueña del perro también. Las dos, por pudor, desviamos la mirada. No me atreví a tocar al perro, le di unos golpecitos en la espalda a ella, le deseé que todo fuese bien y seguí mi camino.

En una de las escenas finales de *Un tranvía llamado deseo,* cuando un psiquiatra se está llevando a Blanche para internarla en el manicomio, ella le mira y le dice: «Gracias, quienquiera que seas, siempre he confiado en la amabilidad de los desconocidos.» Yo también.

MI CASA
(El Periódico, 12 de abril de 2017)

Viví durante toda mi infancia y juventud en el mismo edificio, un bonito edificio de ladrillo pardo construido a principios de los años setenta por un famoso arquitecto en la parte alta de la ciudad. Nunca me gustó. Me parecía, y era cierto, que todo lo divertido tenía lugar en el centro, y en cuanto surgía una oportunidad, me escapaba con mis amigas del colegio a pasear por las Ramblas.

En aquella finca y en su jardín tuvieron lugar mis cumpleaños, las navidades y las eternas tardes de domingo. Las discusiones, los primeros novios y las interminables conversaciones con mis amigas desde el teléfono de la cocina para decidir qué nos pondríamos al día siguiente. Las fiestas de mi madre con escritores y editores. Y las de mi hermano y mías cuando mi madre no estaba. Los ensayos del primer grupo de música de mi hermano. Los radiadores que nunca daban suficiente calor porque teníamos calefacción central y el presidente de la comunidad era un tacaño y no la encendía hasta mediados de enero. Y el nacimiento de dos camadas de perros. Y la muerte prematura de Otelo, mi perro. Y la de mis abuelos, que vivían en el ático. Y la limpieza cada primavera de los miles de volúmenes de la biblioteca de mi madre. Y mis fiestas de cumpleaños en el jardín, con magos, dulces y piñatas, a las que yo nunca lograba asistir porque, de los nervios y de la ilusión, me acababa poniendo enferma cada año. Los baños nocturnos en la piscina y las verbenas. Y el portero que nos dejaba colgados en el ascensor si nos portábamos mal. Y los porros del hijo del portero. Y el día que me enfadé con un novio que se estaba quedando en casa y le tiré toda la ropa por el balcón. Y llegar una mañana, muchos años después, con mi primer hijo en brazos desde el hospital. Y unos años más tarde, con el segundo. Y decidir un día que no quería seguir viviendo allí. Y vender el piso e irme.

Siempre que paso por delante de mi antigua casa (intento no pasar muy a menudo), me invade una sensación de extrañeza y de pena, como si fuese una viejecita de cien años que ya lo hubiese visto y vivido todo.

Hace unos días, pasé por la acera de enfrente y de repente vi al otro lado, justo delante de la casa, al hijo del portero, el que fumaba porros y que se marchó al jubilarse su padre. Pasó delante del edificio como lo hago yo, con lentitud, mirando de reojo, como se mira a alguien a quien quisiste hace mucho tiempo y que no estás seguro de que te reconozca, con pudor, con cautela, sin detenerse, como si el edificio ya no fuese más que un sueño borroso.

Todos miramos lo que hemos perdido con la misma expresión en los ojos.

ABRIL
(El Periódico, 19 de abril de 2017)

Lentamente nos vamos desperezando. Por primera vez en mucho tiempo, el haz de luz que entra por las rendijas de la persiana es dorado y las diminutas partículas que lo componen no parecen motas de polvo sino microscópicas bailarinas. Cerramos los ojos un instante y nos planteamos la posibilidad, que nos hemos planteado cada día de nuestra vida desde la adolescencia, de quedarnos a pasar el día en la cama.

Pero de repente, a pesar de estar desnudos, nos asalta una sensación que casi habíamos olvidado: calor. El edredón noruego de plumas de cisne blanco, fabricado en un pueblecito remoto por los mismos duendes con gorro rojo que fabrican los juguetes para Papá Noel, nos estorba. Estiramos una pierna y nos miramos los dedos de los pies, un poco sorprendidos. Observamos las uñas pintadas de rojo, que hemos seguido pintando y cuidando durante todo el invierno por inercia, por buena educación, por frivolidad (que es casi lo mismo que la buena educación) y porque a veces lo único que nos separa del desastre absoluto son unas uñas pintadas de rojo.

Nos estiramos, comprobamos con cuidado todas nuestras articulaciones, las hacemos crujir, doblamos el cuello a un lado y al otro, crec, crec. Somos como una niña que va recomponiendo una muñeca articulada, miembro a miembro, asegurándose de que no ha perdido ninguna pieza. Arqueamos la espalda, alargamos los brazos y las piernas. Deshacemos el ovillo en que nos hemos convertido durante el invierno. Tal vez hayamos crecido, pensamos. Necesitamos imperativamente una cama más grande, como mínimo de dos metros por dos.

El contacto con el suelo frío ya no es enervante. Y piensas, quizá bajo los efectos de la astenia primaveral o porque por la mañana siempre te sientes un poco pánfila: «He llegado a otra primavera. ¿Cuántas me quedan?»

Nadie se congratula nunca de que haya llegado otro invierno. He intentado averiguar las razones por las que algunas personas (mi hijo mayor, por ejemplo, también mi madre) prefieren el otoño, pero sus explicaciones nun-

ca me han acabado de convencer. Creo que conozco sus razones profundas, me parece que se tiene que ser más fuerte para amar el otoño, me alegro de que mi hijo lo sea.
Y piensas: tal vez mañana haya peonías en la floristería. Y tal vez este año sí que ponga la vieja barca de madera de mi madre en el agua. Y qué ganas de mar.
Te calzas las mismas chanclas de todos los veranos, viejísimas y medio rotas, como si fuesen los zapatos de cristal de la Cenicienta y sales a la calle.

LA SEÑORA DE LA CALLE ANGLÍ
(El Periódico, 26 de abril de 2017)

Érase una vez una joven barcelonesa que se quedó embarazada. En esa época, su novio, que era profesor de historia, trabajaba lejos de la ciudad y regresaba los viernes por la tarde para pasar el fin de semana junto a su amada. La chica decidió esperar a que su prometido llegase a casa para darle la gran noticia. Era un bebé deseado. Ella sabía desde los seis años que sería madre, a él le gustaban mucho los niños y estaban enamorados. Pero al oír su voz a través del teléfono la chica no pudo contener la impaciencia y le reveló que iban a ser padres. El joven y apuesto profesor subió a toda prisa a su destartalado Seat Panda rojo y salió disparado hacia la ciudad, loco de alegría.

En el último semáforo antes de llegar a su casa, se le acercó la mendiga del barrio, que siempre estaba en esa esquina, a pedirle dinero. En realidad no tenía ningún aspecto de mendiga, parecía más bien un ama de casa, una bruja o un hada disfrazada de bruja, pensaba la novia del profesor con un estremecimiento cuando la veía por el barrio. Era una mujer mayor, ceñuda y hacendosa, que hablaba sola, iba vestida y peinada con esmero y siempre llevaba en la mano una bolsita de plástico en la que depositaba las monedas que le daban los conductores y los peatones.

En ese momento, el profesor se dio cuenta de que no llevaba ninguna moneda, revisó sus bolsillos, la guantera del coche, los huecos de los asientos y no encontró nada, así que abrió su cartera, sacó el único billete que llevaba, un billete de cinco mil pesetas, y se lo tendió a la mujer, que lo cogió con la misma expresión resignada y levemente aburrida con que iba metiendo las monedas en su bolsita, asintió, musitó algo incomprensible y se fue hacia la acera para no ser arrollada por los otros coches.

El profesor se lo contó a su novia riendo, y a pesar de que en aquel momento no les sobraba el dinero los dos estuvieron de acuerdo en que era el dinero mejor empleado del mundo. La pareja vivió muchos años en aquella calle bordeada de plátanos centenarios, y la joven vio muchas veces durante su embarazo y después, una vez nacido su hijo, a la vieja mendiga, primero en la calle Anglí con Bonanova, más adelante en Ganduxer con Via Augusta. Le siguió dando un poco de miedo, pero siempre la miraba y en secreto, un poco estúpida e irracionalmente, le agradecía la buena salud de aquel bebé gordito de rizos dorados, como si aquel precipitado gesto de generosidad y alegría del apuesto profesor hubiese señalado el inicio de una época marcada precisamente por eso, por la generosidad y la alegría.

Tal vez el mundo se divida entre los que alguna vez le han dado todo lo que llevaban en los bolsillos a alguien y los que no.

LAS RAMBLAS
(El Periódico, 3 de mayo de 2017)

Cuando era joven, el sitio más excitante al que uno podía ir eran las Ramblas. Nunca frecuenté, y sigo sin hacerlo, los locales de la parte alta de la ciudad. La noche, si se sabe utilizar, es mucho más larga que el día. Por la noche no hay prisa, no hay nada que hacer, el tiempo es nuestro. Las mejores conversaciones son las conversaciones nocturnas, en un bar, paseando por la calle, en una cama. Me sigue pareciendo una traición dormir por la noche. Los niños, que casi siempre tienen razón, al menos los niños listos, a veces olvidamos que hay tantos niños tontos como adultos tontos, nunca se quieren ir a dormir. La noche, además de ser más generosa con el tiempo que el día, que es terriblemente avaro y que siempre pasa volando, también es más igualitaria, más permisiva y optimista. Así eran las Ramblas de mi juventud, tanto de noche como de día, un lugar exótico y tal vez un poco peligroso, pero lleno de gente diferente e interesante.

Ahora suelo bajar a las Ramblas los sábados por la mañana por motivos de trabajo. Siempre hay mucha gente. La mayoría arrastran pequeñas maletas con ruedas y caminan veloces como si estuviesen en una estación y fuesen a perder el tren, algunos lo hacen lentamente, como si en vez de arrastrar una maleta hubiesen salido a pasear al perro. Esto suele causar cierto desorden en la marcha y frecuentes tropezones y caídas que vigilan con aire imperial y benévolo los agentes del orden.

Todos van vestidos de verano, da igual la época que sea. Los habitantes de la ciudad intentan vestirse según las estaciones, los turistas no. Para ellos siempre es verano (como para los jóvenes y los enamorados).

Es obvio que ninguno de ellos proviene del Caribe y a juzgar por sus siluetas no parecen venir tampoco de países donde se pase hambre. Pero, por si acaso les coge un ataque de gula o se sienten desfallecer a causa del calor imaginario o del esfuerzo real de ir tirando de su maletita, en las Ramblas hay una heladería inútil y absurda cada cien metros.

A veces, los que no comen helados, ni van vestidos de modo estrafalario, ni hacen fotos, ni van bailando y vomitando por la calle, ni arrastran maletas con ruedas, son observados con cierta desconfianza e inquietud que se convierte directamente en alarma si pasean solos y no en pareja o en grupo y no pueden evitar sentirse un poco aguafiestas.

Y se preguntan si tal vez la próxima vez que bajen por las Ramblas deberían pedirle prestada a su hijo mayor la camiseta del Barça y a su hijo menor el sombrero mexicano. O si lo mejor no sería ir en busca de aquel local, al final de un callejón oscuro, en el que bebían absenta y se contaban la vida.

LA HERENCIA
(El Periódico, 24 de mayo de 2017)

A veces, mi hijo menor sonríe haciendo una mueca un poco burlona e interrogativa que es clavada a la que hacía su abuela cuando te estaba tomando el pelo. Y a veces el mayor se queda pensativo, con la mirada perdida y los ojos entornados, como le ocurría a su abuelo, al que nunca conoció, cuando de repente levantaba la vista del libro que estaba leyendo y se quedaba ensimismado. Mi madre afirmaba que mi hermano y yo caminábamos como mi padre, apenas rozando el suelo, impulsándonos hacia el cielo con cada zancada. También decía que yo era un poco bruja como su madre. Mi padre pensaba que me parecía a su abuela, a la que nunca conocí, de la que jamás vi ni un solo retrato.

Heredamos el amor a los animales y el amor a los libros, que tal vez sean los dos amores más decisivos y fundamentales. Heredamos también el odio a las corbatas y a los trajes, a la formalidad, al aburrimiento y a las convenciones sociales. Heredamos el vano buen gusto y la molesta costumbre de contar chistes. Heredamos el mal genio, el sentido del humor, el gusto por la seducción y el lenguaje.

No heredamos ni los traumas ni las obsesiones, que están hechos a medida de cada uno de nosotros, como el dolor y los miedos. Heredamos la soberbia, la cursilería y la desconfianza. No heredamos la capacidad de mando. Heredamos la generosidad y la forma de relacionarnos con el dinero. Heredamos algunas manías. No heredamos ni los fracasos ni los errores. Heredamos el gusto por el mar o por la montaña. Heredamos la fuerza y el valor. Heredamos la prudencia y la cobardía. Heredamos un equipo de fútbol y la afición por el baile. Heredamos el amor por la música o la sordera musical. No heredamos las pasiones, pero sí la pasión.

Heredamos la manera de posar los labios sobre la frente de nuestros hijos para ver si tienen fiebre. Heredamos la obsesión de que todos nuestros seres queridos vayan abrigados y no tengan nunca frío. Heredamos las historias y las anécdotas repetidas mil veces y guardadas como tesoros. Tal vez heredemos la forma de morir. Y a veces no heredamos nada o necesitamos revocar todo lo que nos ha sido dado porque nos resulta demasiado pesado y contrario a lo que deseamos ser.

No es cierto que no haya dos seres iguales, hay muchos más. Dentro de doscientos años, una niña mirará al mundo con tus ojos castaños, soñolientos y socarrones, se rascará la frente como te la rascas tú, un chico acariciará la portada de los libros como lo hacía su bisabuela y otro se enfurruñará en un restaurante como hacía tu padre, y otro, cuando se ponga nervioso, acariciará su dedo índice con el pulgar. Y en ese gesto minúsculo, imperceptible, estará la historia de toda tu familia.

LAS POMPAS DE JABÓN
(El Periódico, 31 de mayo de 2017)

No sé cuántas horas habré pasado haciendo pompas de jabón con mis hijos cuando eran pequeños, muchísimas. Recuerdo bien la sorpresa, el gozo y las palmadas de entusiasmo de ambos al ver que con un suave soplido podíamos hacer surgir de la nada el elemento más asombroso del mundo, también recuerdo la decepción cuando se nos acababa o se nos derramaba el líquido mágico, que luego resultaba imposible de reproducir en casa, aunque el señor de la tienda se empeñara en decirnos que era solo agua con jabón.

Tal vez las pompas de jabón constituyan el primer contacto de los niños con la belleza. Quizá sea conveniente entender lo antes posible que la belleza es efímera, frágil, excitante, difícil de aprehender y laboriosa. Me parece más importante intentar señalarles a nuestros hijos la belleza que enseñarles el ahorro, la perseverancia o la prudencia.

No hay muchas cosas en el mundo que provoquen esa sensación de pasmo, de deslumbramiento y de felicidad. Ocurre también cuando empieza a nevar: el cielo blanco y pesado, el vasto silencio y, de repente, la nieve. La tierra y los coches se cubren de blanco, sacamos la lengua para intentar atrapar algún copo y sentir su frescor, cerramos los ojos para sentirlos en los párpados, por un instante pensamos que todo va a volver a comenzar. Y ocurre con los flechazos. Una de mis escenas favoritas de *La tempestad* de Shakespeare es cuando Miranda, que ha crecido en una isla desierta con la sola compañía de Próspero, su anciano padre, y que nunca ha visto a otro hombre, ve al apuesto Fernando por primera vez.

Próspero le dice: «Levanta los orlados telones de tus ojos y dime qué ves allá.»

Y Miranda responde: «¿Qué es? ¿Un espíritu? ¡Qué mirada inquieta, señor! Por cierto que tiene gallarda figura. Y sin embargo es un espíritu.»

Y Próspero le dice: «No, muchacha, come, duerme y tiene sentidos como los nuestros. Este galán que ves aquí estaba en el naufragio; y a no ser por las manchas del dolor, cáncer de la hermosura, podrías tenerlo por bella persona. Ha perdido a sus camaradas y los va buscando.»

Y Miranda responde: «Por divino lo tendría, pues en la naturaleza nunca he visto nada tan noble.»

Y entonces Fernando la ve a ella.

Imagino a Miranda mirando atónita a Fernando. Imagino el regocijo y la sorpresa, las ganas de sacar la lengua y también de cerrar los ojos. Es el mismo asombro y extrañeza que ante las pompas de jabón o para atrapar un copo de nieve. El día en que ni las pompas de jabón, ni la primera nieve, ni un hombre (o una mujer) sean capaces de llevarnos al principio, será que nos hemos hecho viejos.

LAS NOCHES BLANCAS
(El Periódico, 7 de junio de 2017)

Todavía no he pasado ninguna noche en vela por mis hijos. El pequeño tiene nueve años y es todavía demasiado joven para salir aunque cuando le veo cantar, bailar y dar brincos por la casa vislumbro un futuro rutilante de discotecas, fiestas y jolgorios varios. El mayor está a punto de cumplir dieciocho, pero es tan prudente y sensato que cuando sale por la noche me voy a dormir sin ninguna angustia ni preocupación.

Nunca he sido una madre sufridora. Desde el primer momento en que supe que estaba embarazada pensé que mis hijos estaban protegidos y que nada malo podía sucederles. Hay gente que siempre se prepara para lo peor, yo –un poco estúpida e inconscientemente, pues la vida ya me lo ha desmentido en multitud de ocasiones– siempre me preparo para lo mejor. Así que no leí ni un solo libro sobre el embarazo y tampoco asistí a ningún curso de preparación al parto. Mi cuerpo había sido felizmente invadido, de un día para otro me había convertido en un animal y todos los animales de la tierra paren sin necesidad de cursillos. Reclamé, eso sí, todas las drogas posibles para no sufrir durante el parto. El dolor en todas sus acepciones me parece terriblemente retrógrado.

Yo sí le hice pasar a mi madre algunas noches en blanco. Cuando somos jóvenes nos parece que si no apuramos las noches hasta el amanecer nos podemos perder algo esencial, en parte es cierto.

Recuerdo un amanecer en la playa de Cadaqués, a los veinte años. Habíamos pasado la noche charlando y riendo y no había mirado el reloj ni una sola vez. Naturalmente tampoco había pensado en mi madre a pesar de que ya llevaba días pidiéndome que la avisara si iba a llegar tarde a casa. Después de cerrar todos los locales del pueblo, decidimos ir a ver amanecer a mi playa favorita. Estaba con mi mejor amiga y con tres actores que habíamos conocido aquella misma noche. En la playa no había nadie más y una luz rosada empezaba a iluminar el horizonte. Estábamos felices, medio dormidos, medio borrachos. De repente, veo llegar un coche azul marino, destartalado y lleno de abolladuras que reconozco vagamente. Del coche se apea mi madre descalza, con su túnica blanca deshilachada, el pelo en desorden y ojos de no haber dormido. Desciende la cuesta dando saltitos, se me acerca, me besa en la frente y sin mirar siquiera a las personas con las que yo estaba regresa al coche y se va.

No le dirigí la palabra durante días. Pero a veces, después de una noche agitada (divertida o decepcionante, llena de expectativas, única o igual a las miles de noches que ya he vivido), me encantaría verla bajar la cuesta brincando con su vieja túnica al viento y depositar un beso silencioso y leve sobre mi frente.

SEPTIEMBRE
(El Periódico, 30 de agosto de 2017)

Los últimos días de agosto son siempre los más tristes del año, incluso si como yo no te has ido de vacaciones. Ningún mes está tan cargado de esperanzas como el mes de agosto, ni siquiera diciembre con los regalos o enero con el Año Nuevo. Ningún mes viene envuelto con un celofán tan festivo y crujiente.

Agosto es la culminación de abril, que para las mentes simples como la mía es el segundo mejor mes del año. Sé, porque crecí entre artistas, burgueses y mujeres implacables pero hipersensibles, que lo refinado es que te guste el otoño, con su luz tamizada y deprimente, sus árboles cansados, el café con leche casi frío y los niños suplicando clemencia con los ojos llenos de sueño, pero yo prefiero agosto.

En agosto nadie espera nada de nosotros y nosotros tenemos derecho a esperarlo todo, la infancia y la adolescencia son un poco así. Después, en la edad adulta, la balanza se va invirtiendo. Nacemos con las manos llenas, tal vez no se trate de conseguir más cosas, sino de no perder las que tenemos.

Agosto es el mar de Cadaqués, los libros y los amores. Tu hijo mayor, que ha perdido el bañador pero que como es anticonsumista no deja que le compres otro. Tu hijo pequeño, que no es en absoluto anticonsumista y que necesita ir al quiosco cada dos horas a comprar chucherías. Las cenas interminables al aire libre con viejos amigos que te conocen mejor que tú misma y que aun así te quieren. Agosto son las botellas de vino vacías alineadas en el mármol de la cocina como pequeños centinelas. Y esperar a las doce en punto de la mañana para abrir la primera cerveza. Y cruzarte por la calle con la chica que fuiste hace veinte años y que todavía, ¿por cuánto tiempo?, te reconoce.

Por otro lado, ningún mes tiene una luz tan dura o implacable como agosto. En agosto descubres si te has hecho viejo durante el año o si sigues vivo.

Recuerdo, cuando era pequeña, los regresos a la ciudad después de las vacaciones. En cuanto llegaba a Barcelona, caía enferma y pasaba una semana en cama. Era como si hubiese llegado al límite de la felicidad y de las noches en vela y de las locuras que mi cuerpo y mi corazón podían tolerar. La dicha, como la enfermedad, requiere un periodo de convalecencia.

El viernes ya será septiembre, el mes de la gente seria que se toma en serio. Pero he oído que los meteorólogos dicen que este año el mar seguirá caliente hasta octubre y sé por experiencia que los libros seguirán esperándonos, así como los amigos. Y también sé que en todos los meses del año, en todas las semanas, en casi cada día y cada hora, se esconden algunos minutos de agosto. Espero que sepamos encontrarlos. Feliz septiembre.

BARCELONA
(El Periódico, 1 de noviembre de 2017)

Nací en Barcelona y siempre supe que algún día me marcharía. No es que deseara irme porque no me gustara la ciudad, pero como sucede con los jóvenes impresionables y que han leído mucho, quería correr aventuras. Todavía no sabía que las aventuras más importantes no tienen lugar en parajes exóticos y en idiomas desconocidos, sino entre cuatro paredes y casi sin palabras. Así que me marché al acabar el bachillerato y regresé unos años más tarde.

Aquí he vivido la mayor parte de mi vida, pero hace solo un par de días que me di cuenta de lo perdidamente enamorada que estoy de esta ciudad.

Recuerdo a un amigo que hace más de veinte años un día se presentó en mi casa muy alarmado y dijo que necesitaba hablar conmigo. Empezó a farfullar frases incomprensibles sobre su novia, una mujer fantástica con la que hacía años que salía y con la que formaba una gran pareja. Después de cinco minutos en los que no logré entender nada de lo que me estaba contando, exclamé: «Juan, ¿me quieres decir lo que te pasa, por favor?» Me miró aterrorizado y respondió: «Creo que me estoy enamorando de ella.» Y añadió: «Me he dado cuenta esta mañana, pero no estoy seguro porque nunca me había pasado, así que he pensado que te lo preguntaría a ti.» Intentando con todas mis fuerzas que no se me escapara la risa, le pregunté: «A ver, Juan, ¿cómo te sientes?» Se quedó pensativo un momento y respondió: «Cada vez que la veo y que estoy con ella me siento como si me hubiese tomado una pastilla de éxtasis.» Le sonreí y dije: «Pues sí, es exactamente eso.» Mi amigo tenía además, pero eso no se lo dije, la mirada nostálgica y a la vez increíblemente precisa de los enamorados.

Y esta mañana, bajando sola por un paseo de Gràcia inundado de sol y de turistas, he sentido ese mismo destello de euforia y de estupor del que hablaba Juan. Nadie ha aguantado el tipo durante estos meses frenéticos como lo ha hecho Barcelona. He visto a políticos demudados por la angustia y por el ardor, a tertulianos vociferantes y sudorosos, a periodistas vaticinando cada mañana el fin del mundo. Y he visto las calles de mi ciudad llenarse de banderas, tan poco favorecedoras siempre, y de gente en conflicto reclamando cosas que creían que no tenían o que tenían y no querían. Nadie lo hubiese soportado (no es cierto que las vicisitudes nos fortalezcan, solo la felicidad nos hace mejores, más inteligentes, más morales), pero Barcelona sí. Barcelona ha desplegado, impávida y generosa, el otoño más bonito que se recuerda, la promesa de una felicidad que no es que esté al alcance de la mano, sino que ya es nuestra.

UNA CIUDAD DONDE SER FELIZ
(El Periódico, 22 de noviembre de 2017)

Acabo de pasar unos días en Madrid, ciudad que conozco desde niña y que visito siempre que puedo. Esta vez la excusa era que mi hijo mayor todavía no había estado y que un amigo, Marc Bassets, presentaba allí su fantástico primer libro de crónicas periodísticas. No es cierto que seamos ciudadanos del mundo y que podamos estar bien en todas partes, la verdad es que hay muy pocos sitios y muy pocas personas con los que uno puede de veras ser feliz. Hay algunos lugares que inexplicablemente nos acogen, nos entienden y nos aceptan desde el primer minuto y en cambio hay otros, la mayoría, con los que nunca acabamos de encajar.

Adoro Venecia y sin embargo nunca he logrado ser feliz allí. He visitado la ciudad en multitud de ocasiones, casi tantas como Madrid, y reconozco que probablemente sea el lugar más bonito del mundo. He ido con novios, con amigas, con familiares; de niña, de adolescente y de adulta; he visitado pensiones de mala muerte y hoteles de lujo; me he alimentado durante días de bellinis en el Harry's Bar y he subsistido a base de bocadillos y helados comprados en la calle; he pasado días recorriendo iglesias y días encerrada en una habitación de hotel. Pero nunca he sido feliz.

En su biografía, David Hockney cuenta cómo de adolescente descubre que es homosexual y empieza a tener relaciones con hombres y un día se enamora de uno y todo es perfecto y son muy felices hasta que una amiga les invita a Cadaqués. Allí, en aquel *cul de sac* a orillas del Mediterráneo, sin saber ni cómo ni por qué, todo se va al carajo. He ido a Cadaqués desde que nací y sé que puede tener ese efecto en los visitantes: o se enamoran perdidamente del pueblo (y el pueblo de ellos) o son expulsados sin contemplaciones.

En Madrid siempre he sido feliz, me gustan sus multitudes, sus edificios, su luz, su comida, el talante, la forma de hablar, el amor de la gente por la ciudad (tan parecido al que sentimos los barceloneses por Barcelona). Esta vez iba con un poco de inquietud, pensando que tal vez el conflicto catalán habría enrarecido el ambiente y el trato con los catalanes. Me equivocaba. Puede ser suerte o casualidad, pero en Madrid (por la calle, con los camareros, con mis amigos, con conocidos, cenando, paseando o remando –y haciendo el ridículo más estrepitoso– en el estanque del Retiro) solo he encontrado cautela, amabilidad y comprensión con el asunto catalán, cierta pena, también, que yo comparto.

Voy a volver a Venecia en primavera, me pondré mis mejores galas, le contaré historias maravillosas y la recorreré de punta a punta hasta el amanecer si es necesario. Estoy segura de que esta vez lograré seducirla.

SEÑORA
(El Periódico, 6 de diciembre de 2017)

Nunca me ha importado que me llamen «señora». En realidad, hace mucho tiempo que en ciertos establecimientos me llaman así, como antes se lo llamaron a mi madre (que lo detestaba) y a mi abuela (que no concebía que se la pudiese llamar de otro modo). Me resulta mucho más chocante que en algunas tiendas me hablen de tú a palo seco, con una despreocupación enrollada y casi sin mirarme a la cara.

Como instrumento de civilización creo más en la distancia (en las formas, los modales, el recato y la delicadeza) que en la confianza. Y la senda que conduce de la cortesía a la cordialidad y finalmente al afecto (a veces ocurre en cinco minutos, otras en dos años o nunca) no es ninguna tontería, ya que es el trayecto que convierte a dos desconocidos en amigos.

Me gusta que en la ferretería del barrio me llamen «señora» mientras me explican los distintos tipos de sartenes que existen, que en la frutería del mercado me llamen «cariño», que en la panadería de la esquina me digan «guapa» y que el quiosquero me conozca simplemente por mi nombre (y yo por el suyo).

Recuerdo que Ana María Moix, cuando iba a comprar a la carnicería, se hacía pasar por la asistenta: «Póngame un filete bien jugoso para la señora, que si no después me riñe», le decía al perplejo carnicero.

Y me gusta que Sartre y Simone de Beauvoir, a pesar de una convivencia de más de cincuenta años, se hablasen siempre de usted y nunca se casaran (y que él no aceptase el Premio Nobel a pesar de necesitar el dinero, y que utilizasen su libertad –tan parecida a la nuestra– hasta las últimas consecuencias).

Nunca me ha preocupado que me añadan sustantivos, sino que me los quiten. Me negué a dejar de ser mujer cuando fui madre, a pesar de las enormes presiones sociales. Viví como una muerte propia que todavía arrastro dejar de ser la hija de alguien vivo. No me he casado nunca con los hombres a los que he querido, con los que he tenido hijos, con los que he convivido, por temor a dejar de ser tarde o temprano la amante y tener que conformarme con el papel de esposa.

Me han llamado: niña, pequeña, señorita, señora, mamá, mami, litri (así me llamaba mi tata), fifi, chanquete (me llamaba mi padre porque era una cría escuchimizada que no comía nada), pendeja (me decía mi madre), bruja, guapa, fea, cariño, preciosidad, tesoro, trasto, Mile, Milenita, fuego de mis entrañas y unas cuantas cosas más que, como mantras o invocaciones, se susurran en la oscuridad. A lo largo de nuestra vida habremos sido y seremos simultáneamente muchas personas.

El problema no es que en algunas tiendas te llamen «señora» (a mí me importa un pito ser una señora, lo que me gusta es ser mujer), el problema es cuando no queda nadie que te llame «pequeña».

LOS DÍAS EN SUSPENSO
(El Periódico, 27 de diciembre de 2017)

Hay días como en suspenso en los que los acontecimientos exteriores, en este caso la Navidad, se empeñan en dificultarnos la vida cotidiana y nos obligan a abandonar nuestras costumbres para plegarnos a otras más antiguas y multitudinarias.

Son esos días en los que no ocurre nada, en los que se repite con pocas variaciones lo que ya ocurrió en años anteriores, o en los que uno decide cambiar de vida.

De repente, se enciende la luz de alarma del aburrimiento, de la irritación producida por ver pasar el tiempo y sentir los minutos arrastrándose penosamente. Ayer para cenar me hice pasta y los dos minutos que tardó en cocerse me parecieron eternos y me enfurecieron como si fuesen una afrenta personal que me hacían los raviolis. De repente me pareció que en esos dos minutos cronometrados se me iba la vida entera.

Uno se hace viejo de golpe, cada seis o siete años. Una vez, durante una comida de Navidad, vi los ojos de una mujer guapa apagarse de golpe, como quien aprieta un interruptor, y a un hombre se le puso el pelo blanco como si estuviese nevando solo encima de su cabeza mientras intentaba recordar el nombre de una de las primas de su mujer.

También he visto a algunas personas renunciar a la pasión por la pasión por la comida. He visto a hombres aba-

lanzarse sobre un pedazo de queso como si se tratase de una mujer y les fuese la vida en ello (los placeres sustitutivos, tan latosos, tan impúdicos). Y después hacerse viejos de golpe, que en Navidad es algo muy parecido a morir.
He visto pozos insondables de aburrimiento y de hipocresía y de pesar comiendo turrón. Y he visto a padres demostrarles a sus hijos pequeños que el mundo es suyo y que sí se puede desear y obtener todo, que la felicidad a veces es una evidencia. Y muestras auténticas a menudo inesperadas de acercamiento, de compasión y de cariño por los demás. Y también aburridísimas conversaciones masculinas sobre el poder y la gloria, algunos hombres (y mujeres) solo hablan de eso, incluso cuando hablan del tiempo. Durante esos días, las calles son tomadas por los solitarios y los marginados, que son los que van sin bolsas de regalo y sin carritos de niño. Los he visto en los semáforos, perplejos, inclinándose sobre el asfalto para recoger una colilla o desabrochándose los pantalones y a continuación olvidar lo que querían hacer, abotonarse de nuevo y seguir con su deambular pausado y triste.
Es en días así cuando uno decide cambiar de vida, separarse, empezar a reciclar, escribir una novela. O servirse otra copa.

LA REALIDAD Y LA ACTUALIDAD
(El Periódico, 24 de enero de 2018)

Vivo en una buhardilla de una calle arbolada en la que la mayoría de las casas tienen pequeños jardines. Yo solo he tenido tres árboles en mi vida: un limonero, un olivo y una mimosa. El limonero y el olivo me los compraron por amor. Hay hombres que regalan árboles.

La mimosa era de mis padres y vivía junto a una tortuga centenaria en un pequeño patio pedregoso y agreste en Cadaqués. Cuando a finales del invierno florecía, la señora que cuidaba de la casa nos avisaba y subíamos desde Barcelona para ver aquel esplendor de pequeños copos peludos, suaves y amarillos que nos anunciaban la llegada de la primavera, el preámbulo amable y distinguido del escandaloso verano que tanto desagradaba a las mujeres de la familia.

Un día, mi madre le pidió a un chico que corría por allí que podase nuestra mimosa y él, en un inusitado arranque de laboriosidad y de eficiencia, la taló de cuajo.

Han pasado más de veinte años, el tronco mutilado y yermo sigue allí (y el hombrecito amable y tontorrón que lo taló también), y cada vez que lo veo pienso que debería comprar otra mimosa y recuperar para mis hijos y tal vez para los suyos el maltrecho ritual de mis padres.

Desde hace unos días, cada vez que salgo de casa o del coche siento que empieza a oler a primavera, es todavía un aroma muy incipiente, y en cuanto me detengo para poder captar con más precisión de dónde proviene y lo que es (glicinia, jazmín, tal vez fresia, no lo sé), desaparece, juguetón e inaprensible, antes de que yo haya podido distinguirlo, situarlo y apropiármelo.

Bajo del coche, levanto una mano y les digo a los niños: «Un momento, esperad.» Nos quedamos los tres petrificados. Los críos me miran expectantes: «¿Qué pasa, mamá?», yo les digo: «Huele a primavera, ¿no lo oléis, salvajes?» Ellos dicen que no huelen nada y me responden bromeando, pero yo les conozco (menos de lo que creo, seguro, pero mucho) y sé que sí lo huelen.

La actualidad es chillona y grosera. La realidad no. La actualidad es lo que sale en las noticias, las mujeres convertidas en soldados, las estúpidas banderas, los políticos más tontos que los ciudadanos y una palabrería mezquina, interesada, ensordecedora y a menudo pésimamente redactada. La realidad es la lava que fluye por debajo, burbujeante y lenta, viejísima y nueva, cansada pero dispuesta a fecundarlo todo en su irresistible impulso. La realidad es ese olor a flores que todavía no existe pero que desde hace unos días me asalta al bajar del coche y me anuncia una vez más, en pleno invierno, el final del invierno.

HARTA
(El Periódico, 31 de enero de 2018)

Hasta hace pocos meses, la expresión «estoy harto/harta» estaba reservada al ámbito de la vida privada y solía ser utilizada en situaciones personales y extremas, aunque no siempre graves, de tipo doméstico.

Recuerdo a mi madre exclamando «¡estoy harta!» al intentar entrar en mi cuarto de adolescente y darse cuenta de que era imposible hacerlo sin pasar por encima de montones de ropa, libros, discos, revistas y platos con restos de comida desparramados por el suelo.

«¿Te das cuenta de que no se puede ver ni un centímetro de parquet porque está todo el suelo cubierto de cosas? ¡Estoy harta!», se lamentaba desde el umbral de la puerta, y acto seguido se daba la vuelta con determinación y le decía a Cristina, la chica que nos ayudaba en casa: «¡Cristina! No vuelvas a entrar en la habitación de mi hija hasta que, como mínimo, se vea el suelo.»

Yo la miraba, divertida y soñolienta desde la cama (a mi madre le encantaba despertarme, no podía evitarlo), y le sacaba la lengua. Ninguna de las dos podíamos tomarnos en serio una expresión tan extrema, exagerada y pueril como «estoy harta». Las dos sabíamos que «estoy harta» era lo que se decía antes de pensar, razonar y presentar un argumento más contundente y serio que el mero hartazgo personal.

Ya no es así. Ahora todo el mundo dice que está harto, como si estar harto fuese un argumento de peso. Políticos y tertulianos exclaman: «¡Estamos hartos!» o todavía peor: «Los catalanes estamos/están hartos», y nos convierten de un plumazo en niños pequeños tan enrabietados como ellos.

Yo no estoy harta de nada. Puede haber situaciones que no me gusten, que me preocupen o que me alarmen, pero el hartazgo es un sentimiento infantil. Lo sabía mi madre, a la que jamás escuché esa frase en un contexto serio o profesional. No la imagino exclamando: «¡Estoy harta de que no se vendan los libros de poesía!» o «Los editores estamos hartos de que los españoles no lean».

Pero claro, en esa época los adultos intentaban comportarse como adultos.

Tampoco imagino a mi padre acabando un whatsapp con «bss», la abreviación de «besos». Alguien que escribe «bss» no merece volver a ser besado nunca más en su vida. Solo alguien que no sabe besar puede escribir «bss», banalizar la palabra y la acción hasta ese punto ridículo. También los emoticonos nos infantilizan y nos hacen escribir peor.

¿En serio lo que define nuestra alegría y nuestra felicidad más extrema es el dibujito de una sevillana bailando?

No hay nada más extraordinario y bello, flexible y dúctil que el lenguaje. Y estoy harta, ¡HARTA!, de los que no lo tratan como un instrumento de precisión delicadísimo. Que tengan un buen día. Muchos bss.

HABLAR DEL TIEMPO
(*El Periódico,* 28 de febrero de 2018)

Cuando era joven, hablar del tiempo me parecía sumamente aburrido, solo deseaba hablar de amor y de literatura. Tenía una vecina con la que coincidía en el ascensor que cada mañana me hacía perder el tiempo con su parte meteorológico. No hay información más insulsa para un adolescente que saber el tiempo que hará. Nunca valoré la cordialidad y la discreción de mi vecina como correspondía. He necesitado muchos años para darme cuenta de que hablar del tiempo es un acto de civilización avanzada.

Tal vez no sea casualidad que los británicos, los que más lejos han llegado en esto de la civilización (solo hay que ver sus taxis, como pequeños salones rodantes) y de la cortesía (solo hay que ver cómo tratan los dependientes de las tiendas a los clientes, sin servilismo ni colegueo, con la justa amabilidad y diligencia), adoren hablar del tiempo. Aquí cada vez se nos da mejor, tal vez sea porque ya no queremos hablar de política, el *procés* nos ha vuelto más delicados y ha convertido a una parte de la población (los que ya no quieren discutir más, ni rasgarse más las vestiduras, los que han perdido amigos de los dos bandos) en expertos hombres del tiempo. Yo tengo descargadas en el móvil tres aplicaciones de meteorología y estoy preparada en todo momento para comentar el tiempo que hace en Barcelona, en Madrid, en París, en Londres, en Nueva York y en Bangladesh. Cada dos horas me actualizo.

Al salir de casa por las mañanas, lo primero que hago

es mirar al cielo. Hay algo esperanzador y reconfortante en los gestos que se han mantenido intactos desde tiempos inmemoriales, levantar la vista al cielo para averiguar qué tiempo hace, otear el horizonte para ver cómo está el mar y de dónde sopla el viento, seguro que los griegos clásicos ya lo hacían del mismo modo que nosotros, con la misma mirada precisa y melancólica. Prestar atención al tiempo es un lujo que solo pueden permitirse los que no padecen grandes tragedias, los que viven con cierto confort, en un periodo de paz. Cuando te ronda la muerte, la enfermedad o la tristeza, el tiempo te importa un pimiento y el cielo, así como los vientos y las estaciones, los árboles y el mar, desaparecen. Hay que detenerse para mirar al cielo, dejar de mirarse el ombligo, no se puede mirar al cielo mientras caminas.

Mi personaje favorito de *Mary Poppins* es el almirante Boom, el guardián de la puntualidad y el encargado del parte meteorológico. Es él quien avisa a Mary Poppins de que ha cambiado la dirección del viento. Yo, que siempre quise ser Mary Poppins, he acabado convirtiéndome en Boom. Así es la vida. Por cierto, ha dejado de nevar.

POR CURIOSIDAD
(El Periódico, 21 de marzo de 2018)

Siempre que alguien me dice «yo es que soy muy curioso/curiosa, me interesa todo», me echo a temblar. No solo porque sea mentira (a nadie le interesa todo, ya es un milagro absoluto que a alguien le interese algo más allá de sí mismo y de sus circunstancias y si a usted le interesan un par de cosas en la vida, como el sexo y las series por ejemplo, o el poder y el dinero, o la cocina y el fútbol, o la astronomía y las amapolas, se puede considerar afortunadísimo), sino porque la curiosidad no me parece una virtud sino más bien un defecto, y de los más cansinos. Dios nos libre de los amigos curiosos.

La curiosidad es lo que hace que algunas mujeres (y hombres) espíen los móviles de sus parejas, que algunos padres entren en las habitaciones de sus hijos sin llamar a la puerta y sin esperar a que les digan que pasen y que enciendan sin permiso y sin justificación alguna ordenadores ajenos.

No es cierto que los grandes descubrimientos se realizaran gracias a la curiosidad, se realizaron gracias a la imaginación.

La curiosidad consiste a menudo en quedarse en la superficie de las cosas y es algo muy parecido al chismorreo, al cotilleo y al deseo de inmiscuirse en los aspectos más pedestres, absurdos y poco interesantes de la vida de los demás. La curiosidad suele ignorar la grandeza que anida en cada uno de nosotros para centrarse en las bajezas individuales. La curiosidad no es empática ni creativa, es fría y distante, no tiene nada que ver con el interés real por las personas cuyo germen es siempre el respeto y la tolerancia. El germen de la curiosidad no es el respeto sino la promiscuidad, contra la que no tengo nada siempre que sea física y no mental.

Recuerdo que una vez le pregunté a uno de mis profesores de arqueología qué era lo más importante para ser un gran arqueólogo: la técnica, los conocimientos, la experiencia, el trabajo de campo... Me respondió: «Nada de eso, para ser un buen arqueólogo lo más importante es tener imaginación.» Ocurre lo mismo con muchas profesiones.

Es sencillo detectar la diferencia entre un escritor (o un periodista) curioso y uno cuyo interés principal y verdadero sea la comprensión del prójimo. Los primeros acaban siempre absolviendo o condenando al otro en un ejercicio pueril y carente de generosidad, los segundos intentan añadir algún elemento por minúsculo que sea a nuestro conocimiento general sobre la naturaleza humana. Los primeros se quedan en los detalles que nos hacen diferentes, los segundos en lo que nos hace a todos absolutamente iguales. Fuimos hechos para elevarnos y para estrellarnos (si es que fuimos hechos para algo), ¿por qué conformarnos con husmear a ras de suelo?

LOS FINALES FELICES
(El Periódico, 11 de julio de 2018)

A pesar de que la vida se encargue de desmentirlo de forma brutal e implacable una y otra vez, los humanos seguimos teniendo cierta tendencia a esperar un final feliz. No me refiero, claro está, al final de los finales. Ese será atroz, sin ninguna duda, ya que todo parece indicar que conllevará la imposibilidad de volverse a bañar desnudos en el mar Mediterráneo, así como de volver a beber vino o a sentir los besos de las personas a las que hemos amado.

Hay algo de película de aventuras en la historia de unos críos de doce años que deciden explorar una gruta con su entrenador de fútbol y que quedan atrapados debido a una súbita inundación.

La historia tiene lugar en Tailandia, el equipo de fútbol de los niños se llama Wild Boars Football Club (el Club de los Jabalís Salvajes) y el entrenador es un joven inteligente y sensible de veinticinco años que después de perder a sus padres y a su hermano en la niñez pasó diez años en un templo budista.

Si la película la hubiese dirigido Steven Spielberg, desde el principio habríamos sabido cómo acabaría, pero la vida no tiene tanto talento como Spielberg, así que, a medida que iban pasando los días, cada vez parecía menos probable que hubiese un desenlace feliz. Y sin embargo cada vez que entrábamos en el periódico esperábamos que los hubiesen hallado sanos y salvos.

Y entonces, nueve días más tarde, unos intrépidos rescatadores venidos de todos los rincones del mundo, unos hombres extraordinarios los encuentran casi por azar. Y vemos las primeras imágenes de los críos, apiñados sobre un diminuto montículo de tierra rodeado de agua, como pequeños búhos de ojos relucientes y soñolientos encaramados a una rama, deslumbrados por la luz de las linternas de los buceadores, incrédulos y sonrientes. Y empiezan las discusiones sobre cómo sacarlos de esa cueva endiablada, laberíntica y medio inundada. Tal vez deban aprender a nadar o incluso a bucear.

Ignoro cuántas madres (y padres, abuelos, amigos de los padres y de los abuelos) se presentaron ese día a las puertas de la cueva, con sus gafas de buceo y sus patos y su tubo, dispuestos a entrar en ese preciso instante para ir a salvar a sus niños.

Tardaron tres días en rescatarlos. Todos están sanos y salvos. Permanecerán una semana en observación en el hospital, así que aunque la FIFA les haya invitado a la final del Mundial de Fútbol, tal vez esta vez no puedan asistir.

Yo necesitaba saber si Spielberg me había dicho la verdad, si los Goonies finalmente lograban salir de la cueva, si E.T. regresaba a casa con su madre. Ahora sé que sí.

LOS GESTOS DEL OTOÑO
(El Periódico, 7 de noviembre de 2018)

Ya sé que el otoño llegó hace más de un mes, pero como casi todas las cosas importantes las estaciones no siguen un calendario sino que ocurren cuando ocurren. El otoño llegó a Barcelona hace una semana. Un día salí a la calle y los gestos habían cambiado, los hombres se subían el cuello de la chaqueta, las mujeres se ajustaban la bufanda y hundían la barbilla en ella para protegerse del aire o se ceñían el abrigo que por un instante antes de volver a abrirse y revolotear a su alrededor parecía un traje de noche, algunos iban con los hombros un poco encorvados como si se estuviesen preparando para luchar contra una ventisca. Las hojas de los árboles empezaban a caer. Solo sobrevivían del verano, por debajo de las faldas plisadas del uniforme, las rodillas tersas, morenas y puntiagudas de las niñas del colegio de al lado, viéndolas reír a gritos y darse empujones pensé que eran afortunadas, para ellas sería verano todo el año y todavía durante mucho tiempo.

También es otoño porque en algunas esquinas han aparecido las castañeras, hoy en día todo el mundo vende castañas, incluso los hombres, pero las castañeras de mi infancia o de mi imaginación iban vestidas con ropajes castaños, tenían el pelo gris, una verruga en la mejilla o un ligero estrabismo y daban un poco de miedo, parecían hadas disfrazadas de brujas, ahora son personas normales, más o menos amables (a veces todo se reduce a la amabilidad, esa inequívoca señal de civilización), siempre compro castañas pero en realidad lo que deseo comprar son boniatos.

Y es otoño porque el lunes se falló el Premio Herralde de Novela, el cóctel literario más sofisticado y glamouroso del año y un premio que nunca está dado de antemano.

Este año no pude asistir a causa de una insidiosa gripe que tiene a toda mi familia enclaustrada en casa desde hace días.

Es otoño también porque de repente todo el mundo se pone enfermo, como si no pudiésemos soportar que el verano hubiese acabado y dejar de jugar al fútbol en la calle a las nueve de la noche y guardar los vestidos livianos con los hombros al aire.

Y es otoño porque vemos el fútbol tapados con mantas, ya no es aquel despliegue de piernas y shorts y chanclas abandonadas a los pies del sofá, y si algún vecino grita «gol», ya no lo oímos porque las ventanas por la noche están cerradas.

Es otoño porque la mediocridad política sigue avanzando, inexorable. Porque la banca sigue ganando. Y porque ayer, al pasar delante de una floristería, vi un árbol de Navidad y de repente me pareció que era imprescindible comprarlo porque si no llegaría y pasaría la Navidad y con ella la vida y todo lo demás. Me lo traen hoy.

LOS ODIOS PRECONCEBIDOS
(El Periódico, 14 de noviembre de 2018)

Al parecer, soy una de las pocas personas que vieron la entrevista a Inés Arrimadas en TV-3. Apenas veo la televisión, no lo digo con orgullo o para dar a entender que dedico mi tiempo libre a asuntos más elevados, nada más lejos de la realidad; después de los perros, el televisor me parece el mejor animal de compañía del mundo.

Pasé gran parte de mi infancia y adolescencia tumbada encima de la alfombra viendo la televisión con mis perros –teckels primero, pastores del Pirineo después y finalmente labradores– y a menudo también con mi madre. Algunos de los mayores ataques de risa que recuerdo haber compartido con ella fueron viendo la televisión, y en la actualidad ver el fútbol con mis hijos representa uno de los momentos más felices de la semana.

Así que decidí ver la entrevista a Inés Arrimadas, a pesar de no votar a Ciudadanos y de estar cada vez más cerca de no votar a nadie en absoluto.

El medio político me parece un ámbito tan duro y difícil que siento curiosidad y admiración por cualquier mujer que, pudiendo dedicarse a labores más amables (criar hijos, escribir novelas, opinar sobre esto y aquello, ser veterinaria o arqueóloga), se dedique en serio a ello.

Me sorprendió un poco que los últimos diez minutos de la entrevista versaran sobre un problema de traducción que tuvo lugar en otro programa. Hubiese estado bien hablar de educación por ejemplo, de cómo los jóvenes llegan a la universidad escribiendo con faltas de ortografía y con enormes dificultades para analizar un texto. No somos los únicos que tenemos ese problema en el entorno europeo, y es primordial analizar realmente qué está ocurriendo y cómo solucionarlo.

Y me sorprendió también la euforia de algunos al día siguiente al enterarse de los resultados de audiencia, al parecer no demasiado buenos, que había tenido la entrevista; como si fuese un triunfo que la gente hubiese decidido no ver el programa.

No me gustan los odios preconcebidos. Yo no le tengo demasiada simpatía a Aznar, por no decir que ninguna, y sin embargo, en el coloquio con Felipe González con motivo del aniversario de la Constitución, me hizo gracia su deseo de hacerse el simpático con el socialista, de caerle bien, de bromear (o sea, de ser bien educado). Y González, como es un hombre inteligente, después de unos primeros minutos más fríos y distantes, le acabó correspondiendo y sumándose al tono amable de jubilado digno pero sabio y encantador que ha luchado en mil batallas pero que todavía conserva el buen humor y el buen vivir. Ya sé que es un tópico espantoso y horrorosamente aburrido, pero todo el mundo merece una oportunidad. También la gente que no nos gusta, sobre todo esa.

LAS MEJORES MADRES DEL MUNDO
(El Periódico, 5 de diciembre de 2018)

Mi hijo mayor cumple este jueves diecinueve gloriosos años. Sé que lo que está de moda en la actualidad es hacerse fotos con pinta desastrada y decir que una es una mala madre (y a mucha honra), pero la verdad es que yo (y no quisiera pecar de vanidosa, aunque francamente prefiero a los falsos vanidosos que a los falsos humildes) soy una madre estupenda.

Como amiga no soy nada del otro mundo, como novia creo que estoy bastante bien, pero como madre, como madre soy la pera limonera. Me parece que es lo único que he hecho bien en esta vida (y no lo he hecho sola, claro): mis dos hijos.

No es extraño puesto que me dedico intensamente a ello. Y porque en realidad no es tan difícil: solo consiste en querer, en amar, y amar solo consiste en estar atento al otro y en respetarlo.

Además, la mayoría de nosotros hemos pasado gran parte de nuestra vida observando y dependiendo de una madre, si hay un oficio que conozcamos de cerca, hombres y mujeres, en lo bueno y en lo malo, incluso antes de tener hijos, es el de madre. Por otro lado, los únicos que pueden juzgar si somos buenas o malas madres son nuestros hijos, y no ahora, dentro de veinte años.

Yo apenas cocino para mis hijos, jamás les llevé al parque, casi nunca les ayudo con los deberes y nunca les he obligado a hacerse la cama (ellos sabrán cómo quieren dormir). No pretendo que sean mis amigos, ni yo ser su amiga, me encanta ser su madre. No necesito que me lo cuenten todo, jamás se me ocurriría revisar sus mochilas o sus móviles, deben enamorarse solos. Nunca he intentado que se convirtieran en versiones juveniles de mí (sentí una gran alegría cuando el mayor me dijo que quería estudiar Ingeniería de Telecomunicaciones), no dirijo sus gustos, no les obligo a leer (qué idea tan loca obligar a alguien a leer, les animo encarecida y repetidamente, eso sí), no comparten muchas de mis opiniones, no les he dado nunca lecciones de nada. En casa no siempre hay fruta y seguramente pasan demasiadas horas jugando en el ordenador y en la televisión (como tienen buenas notas, no me parecería razonable intentar controlar a qué dedican el tiempo libre). No hacen kárate y tampoco estudian chino. No saben esquiar. Les compré un móvil cuando me lo pidieron, bueno, tal vez esperé un par de meses para darle emoción al asunto. Saben que tendrán que trabajar duro pero también saben que la vida es para disfrutarla y despilfarrarla.

A veces pienso que antes de que llegue la vejez, que todo lo transforma y todo lo estropea (aunque no siempre), debería escribirles una carta contándoles cómo les quiero ahora, de qué modo indestructible, inevitable, absoluto y feliz. Pero son mucho más listos que yo, creo que ya lo saben.

3. Proust tiene prisa

EN BUSCA DE LA CAMISETA DE ZLATAN
(La Vanguardia, 31 de octubre de 2015)

Me invitan a Gotemburgo, en Suecia, porque acaban de publicar mi novela en sueco y quieren que, coincidiendo con la feria del libro, pase unos días allí haciendo promoción. Mi agente considera que es importante que vaya, yo siempre pongo un montón de impedimentos para viajar, y para casi todo, para que solo me dé la lata la gente que está realmente interesada y que es de temperamento muy paciente y perseverante. Después de mucho tira y afloja, de múltiples reuniones, *conference calls* y cambios de fecha, decido que en realidad prefiero no ir.

Cuando se lo digo a mis hijos, el pequeño hace una mueca de disgusto y exclama: «¡Pero si me habías prometido que me traerías la camiseta de Zlatan!» Evidentemente, no sé quién es Zlatan. Pero una promesa es una promesa, así que, a pesar de ser domingo y de que son las ocho de la mañana, llamo a mi agente para decirle que he cambiado de opinión y que en realidad sí que quiero ir a Suecia. Mi agente ya está despierta, buscando setas por el monte, y me responde al momento con gran entusiasmo. Antes de despedirme le comento que de todos modos lo más importante del viaje es conseguir la camiseta de un tío que se llama Zlatan, ella se queda callada unos instantes, me dice no sé qué de unas setas venenosas y cuelga.

En Gotemburgo todo va muy bien. La feria del libro tiene lugar en unos pabellones enormes llenos de casetas de libros y la afluencia de público es considerable. Cada mañana a las once me siento, micrófono en mano, en un rincón del stand con Erika, mi editora, y me hace una entrevista, exactamente la misma cada día, mientras va pasando gente charlando, riendo y comiendo perritos calientes. El último día, por fin, se detiene una señora a escucharnos. Cuando se la señalo, entusiasmada y cómplice, a Erika, me dice que es su madre.

En el bolsillo de la chaqueta llevo un papelito arrugado con el nombre de Zlatan Ibrahimovic. Cada vez que conozco a alguien (de la embajada sueca, del Instituto Cervantes, de la editorial) saco el papelito. Todos saben quién es Ibra, pero nadie sabe dónde puedo encontrar la famosa camiseta. Sin embargo, me prometen buscarla en Estocolmo y mandármela a Barcelona. Pero como no tengo demasiada fe en la humanidad, cuando la veo en una tienda del aeropuerto la compro sin dudarlo, por si las moscas. Al cabo de unos días empiezo a recibir camisetas por correo. Ya tengo tres. He pensado que tal vez las pueda vender por eBay. Son una talla 8.

MÍRAME COMO SI FUESE MESSI
(La Vanguardia, 28 de noviembre de 2015)

Si los hombres mirasen a las mujeres con tanta atención como miran los partidos de fútbol, ya nos habrían entendido hace años (básicamente y resumiendo un poco, lo único que se tiene que entender es que somos iguales que ellos), habría menos divorcios (o tal vez más) y nos habríamos ahorrado un montón de libros malos y de canciones cursis sobre lo misteriosas, incomprensibles y volubles que somos.

Y no es que yo no entienda lo que hacen o lo que esperan los hombres (y las mujeres) cuando se plantifican delante de la tele para ver un partido de fútbol. No se trata solo de ganar, de entender las jugadas o de distraerse, esperan presenciar algún momento de gracia. Y Messi les otorga instantes luminosos, tal vez más que sus propias mujeres o maridos. Incluso los analfabetos deportivos como yo hemos tenido alguna revelación de este estilo.

Recuerdo una mañana en Cadaqués, durante los Juegos Olímpicos de Sídney en el año 2000. Por alguna razón no había salido en barca ese día y estaba aburrida y de mal humor tirada en el sofá haciendo zapping. De repente, apareció en la pantalla una prueba de natación y, antes de que tuviese tiempo de cambiar de canal, Ian Thorpe se zambulló en el agua y empezó a nadar; había otros competidores, claro, pero ni los vi. Me quedé petrificada. Era como si no hubiese visto nadar a nadie antes. Lo que la mayoría de los humanos hacemos con mayor o menor fortuna, en Thorpe era de una belleza, potencia, armonía y facilidad pasmosas e incomprensibles. Pasé el resto de agosto pegada a la pantalla del televisor intentando entender cómo aquel hombre hacía lo que hacía, cómo, a pesar de no ser esa su intención principal (imagino que para un deportista la prioridad es siempre vencer), ofrecía momentos de una belleza tan alucinante.

Me acordé de este episodio hace unos días cuando un amigo intentó convencerme de que ver a Jonah Lomu en acción no era muy distinto a leer un poema extraordinario. Y he visto a Messi hacer jugadas que requerían más gracia, ligereza, talento e imaginación que las que necesitan las bailarinas del Bolshói para bailar *El lago de los cisnes*. Así que ahora, cuando me veo forzada a presenciar algún evento deportivo, básicamente los partidos del Barcelona (mis hijos, como todos los hombres de mi familia, son del Barça desde tiempos inmemoriales), en vez de ponerme directamente a meditar y a pensar en mis cosas (por mucho griterío que haya, el verde del césped tiene siempre sobre mí un efecto tranquilizador), intento hacer un esfuerzo e imaginarme que estoy viendo a los bailarines de Pina Bausch en vez de a Messi y a sus compañeros. Y funciona. Casi diría que me está empezando a gustar el fútbol.

¿QUE SE MUERAN LAS FEAS?
(El Periódico, 1 de junio de 2016)

No hay nada que me ponga más nerviosa que un tío feo juzgando a una mujer por su belleza. También me fastidia bastante oír a un tonto descalificar a un listo, pero bueno, ya se sabe que la inteligencia es algo más opinable, y la falta de ella más fácil de camuflar, pero un calvo es un calvo.

La miseria en cambio es imposible de camuflar. Yo reconozco a un miserable, a un resentido o a un mezquino a cien metros de distancia, con una frase, o con ciento cuarenta caracteres (creo que los dueños de Twitter calcularon exactamente cuántas letras necesita un ser humano para mostrar toda su bajeza. El resultado son ciento cuarenta caracteres exactamente, no hace falta ni uno más, a veces incluso con menos también es suficiente). No necesito ni dirigirle la palabra, veo unos andares, una mirada (no es cierto que los ojos sean el espejo del alma, la mirada es el espejo de alma, mis amigos y mis hijos son el espejo de mi alma), escucho un tono y ya lo sé.

Reconozco mucho antes a un miserable que a un feo. Un feo puede ser guapo de la misma manera que un guapo puede ser feo, pero un miserable (que es el que siempre busca su propia fealdad moral en los demás) es un miserable y punto.

No he oído nunca a un hombre guapo quejarse del físico de una mujer, y tampoco he oído a demasiadas mujeres acusando a los tíos de ser bajos, gorditos o calvos (somos tan bobas que intentamos salvarlos siempre).

Me hacen mucha gracia las personas que dicen que hombres y mujeres somos iguales y que a continuación añaden: «Pero si el mundo estuviese dirigido por mujeres iría mejor.» ¿En qué quedamos? El mundo ya está parcialmente dirigido por mujeres y es la misma mierda de siempre. Pero, como creo absolutamente en la igualdad de sexos, voy a empezar hoy mismo. Si para nosotras no es suficiente con ser buenas en nuestro trabajo, ser inteligentes, ser divertidas y tener talento, sino que además tenemos que ser guapas y eternamente jóvenes, pues lo mismo para ellos, ¿no? En eso consiste la igualdad.

Así que gordos, bajitos, resentidos, criticones, calvos, energúmenos y machistas del mundo entero, la próxima vez que tengáis ganas de decir que una mujer es fea, miraos vosotros mismos a un espejo, con dos minutos será suficiente. Si después de los dos minutos todavía tenéis ganas de decirle a alguien que es gorda o fea, desnudaos y haced el mismo ejercicio delante de un espejo de cuerpo entero. Dos minutos más, primero de cara y luego de espaldas.

Si después de todo eso todavía queréis hablar de nuestro físico, adelante, somos todo oídos (y ojos, claro).

YA NO TENEMOS QUE HABLAR
(El Periódico, 31 de agosto de 2016)

Durante muchos años, de hecho durante todos los años que recuerdo antes de la era Whatsapp, una de las frases más temidas entre las parejas era «tenemos que hablar». En la prehistoria, cuando un hombre o una mujer te decía «tenemos que hablar», podías echarte a temblar. La fatídica frase significaba que algo no iba bien, que te iban a dar un toque de atención o que muy probablemente te iban a dejar.

Pues bien, al parecer eso ya no se lleva. Ya no tenemos que hablar. Mis amigas más jóvenes y mis amigos más caraduras afirman no haber utilizado jamás esa frase. Ahora dicen adiós por Whatsapp y a otra cosa mariposa.

Es posible que yo sea un poco carca y anticuada, pero prefería lo de antes. El bar, las dudas sobre si pedir un café o algo más fuerte, el quién habla primero, la estocada, el intento vano de darla infligiendo el menor dolor posible y de recibirla con la mayor dignidad, la tentativa de alargar la reunión para intentar arreglar las cosas o para acabar lo más borracho posible, las ganas de salir corriendo dando saltos de alegría por haberte quitado de encima a un plomo o las ganas de tirarte por el balcón, el portazo al llegar a casa, y la pena, el pánico o el alivio.

Pero, por lo visto, en las vidas paralelas que nos hemos acostumbrado a vivir Whatsapp se ha convertido en un método cómodo y aceptable no solo para iniciar y cultivar una relación, sino también para romperla. Los norteamericanos, que siempre nos llevan ventaja en estos asuntos tecnológico-sentimentales, han inventado el término *ghosting*, que es cuando alguien con quien has salido, o crees que sales, de repente empieza a ignorarte en las redes sociales como si te hubieses convertido en un fantasma (*ghost* en inglés significa «fantasma»).

La cuestión es que sí tenemos que hablar. Mi primo Pablo, que es más joven y más caradura que yo, siempre dice que odia ir a los funerales y que no quiere ir a ninguno más. Y yo siempre le contesto que a nadie le gustan los funerales pero que a pesar de eso la gente va, por deber, por respeto al muerto y a la familia, por compasión, porque es lo correcto. Pues lo mismo con el funeral de una relación. Se va no porque te apetezca, no porque sea fácil o agradable, se asiste por decencia, por honor, por respeto a tu propia historia.

Incluso yo, que soy bastante enamoradiza, considero que el cadáver de una relación debe ser despedido con todos los honores o al menos con un gintónic. Nadie a quien le hayas dicho «te quiero» mirándole a los ojos merece que le digas «ya no te quiero» de otro modo que no sea mirándole a los ojos con la misma certeza, miedo y valentía.

Tenemos que hablar.

LEONARD COHEN Y TÚ
(El Periódico, 16 de noviembre de 2016)

Con Cohen ocurre lo mismo que con otros grandes artistas: pensamos que nos pertenecen. No a la masa en general, no a una generación o a un grupo de personas en particular, a nosotros exclusivamente, a ti y a mí.

Desde que existe Twitter, la forma en que recibimos las noticias ha cambiado, ya casi no hay grandes titulares y nunca se está del todo seguro de estar leyendo algo que sea cierto (a decir verdad, tampoco cuando leo la prensa convencional estoy muy segura de que lo que me cuentan sea cierto).

Así que el viernes, al abrir la aplicación, empecé a ver que mucha gente estaba colgando canciones de Leonard Cohen. Primero, todavía medio dormida, pensé que se trataba de una afortunada coincidencia, pero al cabo de un momento me dije: «Ha muerto.»

Entré en la página web del periódico para confirmarlo y me eché a llorar, no dos lagrimitas de emoción, un río de lágrimas que incluso a mí me pareció una exageración: grandes sollozos intempestivos mientras me tapaba la boca con la mano para que mis hijos no me oyeran y no pensaran que su madre se había vuelto definitivamente loca.

No recuerdo haber tenido este tipo de reacción con nadie. Ni cuando murió Ingmar Bergman, al que veneré durante toda mi juventud y que me cambió la vida. Hasta el punto de decidir, con dieciocho años, coger un interrail e irme a Suecia con una amiga para conocerle. Bergman, supongo que para evitar a las pesadas como yo, vivía en Farö, una isla que era zona militar y a la que solo tenían acceso los suecos, así que no pudimos entrar. Acabamos unos días después en un concierto de los Rolling Stones en Gotemburgo, dando saltos rodeadas de suecos de dos metros borrachos como cubas.

Ni cuando murió Pina Bausch, a la que asalté un día en un hotel de Barcelona y, al ver su cara de estupor, le pregunté si quería que le llevase las maletas, lo que pareció alarmarla todavía más. Ni cuando murió Béjart, a quien debo uno de los momentos de felicidad más radiantes vividos junto a mi madre, las dos cogidas de la mano, en el Sadler's Wells de Londres, viendo a Elisabeth Ros bailar el *Bolero* de Ravel.

No sé cuántas viudas y viudos reales o imaginarios habrá dejado Cohen, me parece que muchísimos (yo lo veía más como a una figura paterna). Creo que todas las relaciones en serio son relaciones a dos, los tríos no funcionan ni en el arte. Siempre es el pintor y tú, el escritor y tú, el hombre al que amas y tú. Cohen te cantaba a la oreja, casi podías sentir su aliento. Cohen cantaba solo para ti.

O para todo el mundo, que en realidad es lo mismo.

MONSIEUR MAS
(El Periódico, 1 de febrero de 2017)

En el colegio, yo era de las niñas que no iban a comer a casa. Mis padres estaban separados y mi madre trabajaba (dos cosas que en aquella época no eran demasiado habituales, ni siquiera en el Liceo Francés), así que me quedaba a comer en el colegio. Antes del almuerzo teníamos un rato para jugar en el patio. Entonces aparecía Monsieur Mas, un señor bajito con un manojo de llaves que cada día, al mediodía, cerraba la verja que daba a la calle después de que los niños que iban a comer a casa hubiesen salido.

No sé por qué empecé a acompañarle en su paseo hasta la puerta. Era y fui durante mucho tiempo una niña retraída y tímida, y mi mejor amiga, que entre otras cosas tenía la inmensa fortuna de tener una familia normal, iba a comer a su casa cada día.

Nos recuerdo a los dos, él, un hombre mayor (aunque

seguramente mucho menos viejo de lo que a mí me parecía), flaco y moreno, y yo, una pequeña de seis años que vivía a caballo entre la vida real y un mundo absolutamente inventado, dirigiéndonos, cogidos de la mano, hacia la puerta.

Un día, mientras paseábamos, le prometí que siempre, hasta el final de los tiempos, le acompañaría a cerrar la puerta del patio. Él me miró muy serio, sonrió tristemente y me dijo: «No, dentro de un tiempo ya no querrás venir conmigo a cerrar la puerta.» En el preciso momento en que me lo dijo, y mientras le prometía que nunca jamás le dejaría y que siempre le acompañaría a cerrar la puerta, supe que tenía razón.

Y la tenía, claro. El día llegó en que yo tuve más amigas y otras distracciones, y en que sin ni siquiera pensarlo dejé de acompañar a Monsieur Mas a cerrar la puerta.

No sé por qué trabé amistad con aquel hombre, no recuerdo cuánto tiempo duró ni de qué hablábamos, solo recuerdo los cinco minutos diarios de paseo hasta la verja. Y que un día dejé de acompañarle. Tal vez fue el día que mi amiga Gema se casó con Javier utilizando una rodaja de piel de plátano como anillo, o quizá un día que me quedé más tiempo de la cuenta jugando a cromos.

Monsieur Mas fue la primera persona que me dijo que no todo iba a ser eterno. De niños pensamos que nunca nada va a cambiar, que nos haremos mayores pero que todo a nuestro alrededor seguirá igual, intacto, cuando en realidad suele ocurrir justo lo contrario. Nosotros seguimos siendo eternamente la niña de seis años que le toma la mano a un viejo portero, mientras el mundo a nuestro alrededor pasa, crece, cambia, se acelera, muere, desaparece y vuelve a empezar a cámara rápida, como en un remolino.

Una de las cosas buenas de hacerse mayor es que cuando prometes amor eterno sabes que puedes cumplirlo.

PROUST TIENE PRISA
(El Periódico, 1 de marzo de 2017)

Hace unos días, un estudioso canadiense descubrió las primeras imágenes filmadas del escritor Marcel Proust. Se trata de un breve vídeo de 1904 de la comitiva nupcial de Élaine Greffulhe, hija de la condesa Greffulhe, descendiendo la escalinata de una iglesia en París.

Yo creo que Marcel Proust es el mejor escritor del siglo XX y el segundo mejor escritor de la historia después de Shakespeare, no hay más allá de Proust, del mismo modo que no hay más allá de Shakespeare. Si resulta que en alguno de esos planetas lejanos que han descubierto hay vida, como tarjeta de visita deberíamos mandarles las obras de estos dos autores, en ellas está la experiencia humana en su totalidad, no hay más, el resto es silencio.

Para mí, ver al joven Proust en movimiento es como haber encontrado una grabación de Tutankamón jugando al senet o de Giacomo Casanova ligando en una taberna. Bueno, en realidad es más importante, ya que ninguno de estos dos personajes escribió *En busca del tiempo perdido.*

En la grabación, Proust (¡Proust!) baja ligero las escaleras. Algunos escritores y algunas personas van cargados con su propia importancia, incluso cuando lo disimulan, ves en cada movimiento, en cada gesto y en la mirada el peso que desearían que tuviera. Ambicionan más el peso (de la fama, de las medallas, del reconocimiento) que la ligereza. Confunden peso con profundidad. Ni siquiera sus chistes o sus bromas son ligeros, porque también ahí tienen que demostrar lo brillantes que son.

Proust (¡Proust!) baja las escaleras a toda pastilla, como una gacela un poco patosa, sus extremidades parecen flotar, sueltas y desmadejadas como si acabasen de abandonar la adolescencia. Me parece que sonríe un poco. Quiero que sonría un poco. Lleva un chaqué de un color claro y el bombín un poco ladeado, está muy guapo.

La sensación es de felicidad, de ligereza, de velocidad, de juventud. Mientras se pueda, las escaleras se tienen que bajar a toda pastilla. Se puede adivinar la edad de alguien por el sonido que hacen sus zapatos al bajar las escaleras. Y si bajas las escaleras como un viejo, da igual la edad que tengas, es que eres un viejo. En cambio, los niños, tan perfectamente afinados con el latido de la vida, prefieren deslizarse (o soñar que se deslizan) por una barandilla. La juventud no está en la mirada, está en las piernas.

Proust baja las escaleras como alguien a quien le gustan la vida y sus semejantes. Hace sol, acaba de asistir a una boda, va bien vestido y lo sabe, y tiene prisa por llegar a algún sitio todavía más agradable que una boda en París. Proust ha quedado con alguien. Yo le espero.

LOS PINGÜINOS
(El Periódico, 21 de mayo de 2017)

El flamante nuevo presidente de Francia, Emmanuel Macron, y su pimpante esposa, Brigitte Trogneux, se llevan veinticuatro años. Él tiene treinta y nueve y ella, sesenta y cuatro. Se conocieron cuando él iba al instituto, ella era su profesora. Se está hablando mucho de la diferencia de edad y del hecho insólito de que un hombre tan joven y poderoso esté casado con una mujer mayor. Pero lo raro no es que él se enamorase de ella, lo raro es que ella se enamorase de él.

A fin de cuentas, ¿quién no se ha enamorado alguna vez de su profesora? Yo, a los seis años, estaba profundamente enamorada de Madame Chéri. Hubiese abandonado sin pestañear a mis padres, a mis abuelos, a mis dos perros, a mis treinta y cinco muñecas y a mi engorroso hermano para irme a vivir con ella, para poder probarme todos sus zapatos de tacón y ver cómo peinaba su larguísima melena rubia. Mi madre solo llevaba zapatos planos y sobrios y tenía el pelo corto, era incomparable. Madame Chéri era el amor de mi vida hasta que un día, en el patio, le dio un bofetón a una niña que sin querer le había hecho una carrera en la media.

Solo fui testigo de dos bofetadas en el Liceo Francés, muchas menos de las que presencié en mi casa, recuerdo a mi madre persiguiendo a mi hermano alrededor de la mesa para pegarle y a este, que era más ágil y rápido, escapándose muerto de risa. La segunda tuvo lugar en clase, un par de años más tarde. Había una compañera muy quejica y pesada que siempre se estaba lamentando. Un día la profesora, harta, se acercó lentamente a su pupitre y, sin venir a cuento (la niña de todos modos ya estaba lloriqueando, como cada día), le dio una bofetada. La alumna, estupefacta, se calló de golpe y entonces la profesora le dijo: «¡Ea! Ahora ya tienes una verdadera razón para llorar.» Y siguió tan pancha con la lección. Esa fue la segunda profesora de la que me enamoré.

Aunque en el fondo tal vez no sea tan extraño que Brigitte Macron se enamorase de un mocoso de instituto. Hace unos años, una amiga, heterosexual, casada y con hijos, se enamoró de una mujer. Al cabo de pocos meses cogió a sus hijos, abandonó a su marido y se fue a vivir con ella. Nunca le habían interesado las mujeres y aquello fue una sorpresa para todos. Cuando le preguntamos cómo había ocurrido, se encogió de hombros y respondió: «Pues no lo sé, me enamoré de María, que es una mujer, pero si María hubiese sido un pingüino, pues supongo que me habría enamorado de un pingüino.»

Tal vez solo los tontos se enamoran de lo que les conviene. Los demás, los normales, los raritos, los pobres desgraciados, los afortunadísimos, se enamoran de pingüinos, como Macron.

SALVEMOS EL SEXO
(El Periódico, 29 de noviembre de 2017)

En Occidente, a raíz del caso Weinstein y de los demás casos de abusos sexuales y de poder que han surgido, se está librando una auténtica batalla sexual. Batalla que por una vez parece que ganarán los buenos, o sea, los más débiles. Es una magnífica noticia, algo impensable hasta hace muy poco tiempo y que mejorará el mundo y lo convertirá en un lugar más seguro, más respetuoso, más igualitario y más estético. Pensar en Weinstein en albornoz esperando a una mujer en una habitación de hotel para una supuesta entrevista de trabajo resulta espeluznante. Por su culpa, el hombre en albornoz ha pasado a sustituir en nuestro imaginario colectivo de lo cutre al hombre en gabardina que antaño recorría las calles de la ciudad.

Sin embargo, una vez hayamos escuchado y protegido con leyes, con más educación en las escuelas, con visibilidad, a las principales víctimas de estos abusos, deberíamos ir con cuidado de que no hubiese también víctimas colaterales. La industria de los albornoces ya no tiene solución, pero tal vez habría que intentar que el sexo (consentido, buscado, deseado) y las fantasías sexuales no fuesen también víctimas de este proceso tan justo y necesario.

No nos gusta que Harvey Weinstein nos abra la puerta en albornoz en una habitación de hotel para una entrevista de trabajo, pero nos gusta, cuando nos gusta, follar en hoteles. Nos gusta que quien nosotras queramos nos convierta durante un rato en un mero objeto de disfrute. Nos gusta que los hombres sean más fuertes y sentir que en algunos momentos nos pueden aniquilar (o nos gusta sentir que somos nosotras las poderosas y jugar a eso para obtener placer). Nos gusta que el sexo sea uno de los últimos reductos de libertad de nuestra sociedad. Nos gusta que sea un juego trascendental. Nos gusta mezclarlo con sentimientos. Nos gusta utilizar nuestro cuerpo, jugar con él y que jueguen otros. Es un instrumento de poder el cuerpo (como la cabeza), de libertad también, de igualdad. Nos gusta, cuando nos gusta, jugar a ser secretarias, o geishas, u ogresas, o astronautas recién aterrizadas en Marte, porque aunque no siempre seamos jefas en nuestra vida profesional, en nuestra vida privada lo somos siempre. Nos gusta que dentro del sexo consentido valga todo, incluso fingir que no es consentido. Nos gusta, cuando nos gusta, que los hombres que deseamos se acaricien delante de nosotras, pero se nos escapa la risa y el horror al imaginar al patoso de Louis C. K. pidiendo permiso para sacarse el pito delante de dos colegas de trabajo (no me extraña nada que a raíz de ese incidente una de las afectadas decidiera abandonar definitivamente el mundo del humorismo).

Incluso nos gustan, cuando nos gustan, los albornoces. Pero quítatelo ya. ¿Vale?

ERA INTELIGENTÍSIMO
(El Periódico, 3 de enero de 2018)

Voy a aprovechar mi primera columna del año para denunciar una situación que me parece francamente injusta y bárbara. Existe la idea generalizada de que la belleza (sobre todo la de las mujeres) con el paso del tiempo se desvanece, y que en cambio la inteligencia (sobre todo la de los hombres) se mantiene firme, sólida y constante como un monolito de piedra de la prehistoria.

He oído miles de veces la frase «era guapísima» o «era guapísimo» para referirse a personas que en su día fueron muy hermosas o atractivas, pero nunca escucho la frase «este hombre, hace diez años, era inteligentísimo» para referirse a individuos que fueron, pero ya no son, sumamente listos, creativos o brillantes.

Y sin embargo la inteligencia se pierde del mismo modo que el atractivo físico, a veces más deprisa. Hay hombres que se vuelven tontos antes que calvos. Y hay tantas inteligencias desmoronadas como traseros caídos.

La petulancia, el engreimiento, el interés, el miedo, el poder, la amargura, el fracaso, el éxito, el cansancio y la pereza pueden acabar con cualquiera.

El resto del trabajo lo hace el tiempo, tan trabajador, tan mediocre, tan terco y constante e infalible en su labor de acoso y derribo. Y así, hombres que hace diez años, o veinte, o dos, eran los más brillantes del país, hoy pasean con arrogancia, e incluso mal genio, o sea, mala educación, los harapos de su inteligencia, a menudo con menos pudor que los que fueron dueños de una belleza deslumbrante. La noción de «quien tuvo, retuvo» es una falacia, casi nunca se retiene nada, todo se nos escurre entre los dedos, acabamos todos a gatas recogiendo miguitas.

Sin embargo, hay cosas que sí nos vuelven más inteligentes, como el amor correspondido, los libros o escuchar a los demás, por ejemplo. Y también hay excepciones. A veces, la belleza (o cierto tipo de belleza) sobrevive a través del estilo, de la clase y de la inteligencia. Y a veces la inteligencia (la capacidad creativa, el talento para presentar ideas nuevas) no se pudre y se encharca, sino que se ensancha.

Hace unos días fui a ver la última película de Woody Allen, que tiene ochenta y dos años, y salí pensando que no hay ningún artista vivo capaz de hacer una radiografía más precisa, sutil y extraordinaria del alma femenina (también de la masculina, pero siempre le han interesado más las mujeres que los hombres, ellos le sirven solo como pretexto para hablar de nosotras).

Espero que 2018 sea un año largo y sinuoso, que podamos acurrucarnos en las curvas del 8 y deslizarnos por ellas como por un tobogán, y que para alguien, durante un rato o durante toda la vida, seamos los más guapos y los más inteligentes del mundo.

LOS UNIFORMES MENTALES
(El Periódico, 10 de enero de 2018)

En la gala de los Globos de Oro del pasado fin de semana, Hollywood decidió vestirse de negro para denunciar y solidarizarse con los casos de acoso sexual que han salido a la luz en tromba durante los últimos meses.

Naturalmente al cabo de dos minutos ya se había crucificado a las tres pobres desgraciadas que, por torpeza, por deseos de protagonismo o porque les dio la santísima gana, decidieron llevar trajes de otro color. En cualquier caso, fue una encomiable y necesaria iniciativa que, según mi opinión, tuvo como resultado, entre otras cosas, que la gala fuese una de las más elegantes que se recuerdan.

Yo, si hubiese hecho las normas, habría pedido que las mujeres fuesen vestidas de negro pero que los hombres fuesen de rojo, por ejemplo, o de rosa.

Una vez más, ellos no tuvieron que hacer esfuerzo alguno a la hora de elegir su vestimenta puesto que los esmóquines son siempre negros, solo tuvieron que elegir una camisa del mismo color, y nosotras nos tuvimos que romper la cabeza. No sé cómo no se les ocurrió a los organizadores; así, además de la escueta lista negra de mujeres que habían osado no ir vestidas de negro, se habría podido hacer otra (más terrorífica y demoníaca si cabe) de hombres que habían prescindido del rojo o del rosa. Y quién sabe si, después de acusarlos, perseguirlos e insultarlos, se les habría podido despedir de todos sus trabajos pasados, presentes y futuros a no ser que aceptaran, como penitencia, ir vestidos de rojo o de rosa para el resto de sus vidas. Y sus descendientes también. Nunca hay suficiente gente para lanzar a la hoguera.

El negro es un uniforme, las banderas también, hasta la desnudez puede serlo.

En el Liceo Francés no nos hacían llevar uniforme, pero sí batas, una de cuadritos azules para las clases y otra de cuadritos rojos para la hora de comer. Las detestaba, era la niña más presumida del mundo y me parecía indignante tener que cubrir mis bonitos vestidos con una bata que parecía un mantel.

Tengo unos amigos que tienen una hija de seis años que, antes de empezar a ir al colegio, se empeñaba en elegir la ropa que se ponía cada mañana y salía de casa con atuendos imposibles. Ahora va a un colegio donde los estudiantes llevan uniforme y solo puede decidir lo que se pone los fines de semana. Y los fines de semana, cada fin de semana del año, se viste con el uniforme del Barça.

Puede ser que la libertad sea ponerse un uniforme (o un disfraz, que es casi lo mismo), el que sea (jugadora del Barça, viuda, enfermera, bombero, sufragista), para ir a la guerra y cambiar el mundo o para jugar con tu novio, pero la libertad verdadera consiste en llegar a casa, quitártelo y echarlo al cesto de la ropa sucia.

BARENBOIM
(El Periódico, 17 de enero de 2018)

La semana pasada asistí junto a mi hijo mayor al concierto de Debussy que el director de orquesta y pianista Daniel Barenboim dio en el Palau de la Música. Antes de comenzar, salió al escenario una chica para avisar de que no se podían hacer fotografías y para pedir que, si se tenía que toser, se tosiese de la manera más discreta posible.

Naturalmente, en ese preciso instante y a pesar de no estar en absoluto resfriada, me empezó a picar la garganta. Me revolví incómoda y un poco angustiada en mi asiento. Carraspeé. Mi hijo, que me conoce como si fuese mi padre, me miró con ojos acusadores. Fingí buscar un caramelo en el bolso que naturalmente no estaba, puesto que no soy Mary Poppins y jamás he llevado caramelos en el bolso.

Se apagaron las luces y salió Barenboim con su cuerpo tan liviano y su cara tan bonita de ogro y de boxeador. Empezó el concierto. Intenté respirar profundamente y pensar en otra cosa. Entonces, dos personas tosieron levemente, una en la platea y la otra desde el primer piso. Me di cuenta de que si no tosía de inmediato, me moriría o como mínimo me desmayaría. Tosí flojito un par de veces, por fin se me pasó la inquietud y pude empezar a disfrutar del concierto mientras pensaba vagamente en mis cosas, que es lo que suelo hacer en los conciertos.

Al cabo de un rato, de repente, cuando acababa de empezar a tocar un preludio, Barenboim se detuvo. Se levantó y se acercó al borde del escenario.

«Perdónenme», dijo. Todo el mundo aplaudió. «Esta música necesita un silencio absoluto. Y en cada compás ha tosido alguien o se ha oído algún ruido.» Miré con sorpresa a mi hijo, yo no había oído nada, él, que toca el piano desde que era niño y sabe mucho de música clásica, asintió y susurró: «Tiene razón, a alguien se le ha caído el móvil, se ha oído la vibración de un teléfono y la gente no ha parado de toser.» Le sonreí y dije: «Tal vez seáis un poco exagerados. ¿No crees?» «No», me respondió con cara de pocos amigos.

Entonces Barenboim añadió: «Estoy intentando dar lo mejor de mí mismo.» La gente rió y aplaudió. Y él dijo: «No. Es muy serio.» Y a continuación: «Les dejo un momento para que ustedes hagan el ruido que sea y luego, cuando regrese, intentaremos volver a la concentración necesaria», y salió con paso ligero del escenario. Yo ya no tenía ganas de toser, ni de reír, ni de pensar en mis cosas.

Me tomo las declaraciones de amor muy en serio, aunque sean multitudinarias, y si alguien te dice «te estoy intentando dar lo mejor de mí mismo» (yo lo he oído algunas veces, es algo muy parecido al amor), uno se detiene y escucha. Barenboim regresó. No se oía ni una mosca. Le escuchamos, señor Barenboim. Muchas gracias.

SAN VALENTÍN
(El Periódico, 14 de febrero de 2018)

San Valentín es el día de las personas que son capaces de mirar el teléfono móvil cincuenta veces en dos minutos para ver si han recibido un whatsapp o una llamada. Es el día de los que son capaces de pasar una semana sin dormir de felicidad y una semana en la cama llorando. El día de los que cumplen todas las promesas y el de los que sufren como animales. El de los que viven en permanencia en una realidad aumentada. Es el día de los enfermos. El de los muertos de hambre y el de los que caminan casi sin rozar el suelo. El día de los que pueden escuchar la misma canción cien mil veces seguidas. El día de los que canturrean.

El día de los benditos y de los desgraciados, de los chalados y de los iluminados. El día de los que padecen la única enfermedad mortal de la que uno no muere. El día de los zombis y el de los que ríen como tontos por todo y tienen las mejillas sonrosadas y la mirada lejana y un poco maníaca. El día de los que son capaces de describir con todo lujo de detalles el lóbulo de una oreja. El día de los aventureros y de los valientes. El día de los ciegos y de los hiperlúcidos y de los obsesos.

El día de los que solo quieren cinco minutos más. El día de los que solo quieren más. El día de los suertudos y el día de los que pringan y pringan. El día de los que se visten pensando en desnudarse. El de los tontos de remate. El de los que no calculan nada. El de los que lo dan todo porque es lo único que tienen. El de los que no ven lo que tienen delante de las narices. El de los enajenados. Es el día de los adolescentes de todas las edades. El día de los que para vivir al límite no necesitan tirarse en parapente.

El día de los que se alimentan del aire y el de los que rebautizan a la persona amada e inventan un lenguaje nuevo cada vez que hablan con ella. El de los heridos que se desangran por las calles. El de los que han reducido la humanidad entera a una persona. El de los que pierden los papeles. El día de los que leen libros de poesía. El de los que ya no pueden disfrutar de nada solos. Es el día de los enjaulados, de los esclavos, de los increíblemente suertudos, de los que como los búhos pasan las noches en vela.

Es el día de los que se han convertido en espías y en detectives privados. El de los que no pueden escuchar un nombre sin estremecerse. El de los que ya no son dueños de su propio cuerpo. El de los que sienten celos del pasado. El día de los que pueden ver caer bombas sin inmutarse pero pierden la cabeza por una llamada sin respuesta. El de los que al cabo de unos años serán incapaces de explicar lo que les pasó.

No hace falta que les regalen nada, ya lo poseen todo.

HABLAR CON EXTRAÑOS
(El Periódico, 21 de febrero de 2018)

De pequeños nos decían que no hablásemos con extraños, y el cuento más famoso de todos los tiempos, *Caperucita roja,* no es más que una advertencia para poner a los niños en guardia contra todo lo que es desconocido, ajeno, misterioso, raro, extranjero y diferente.

Es un cuento que me encanta porque habla sobre todo de la seducción y del candor, de la curiosidad y del peligro. Y considero que la conversación entre el lobo disfrazado de abuelita y Caperucita («¡Qué ojos más grandes tienes!» «Para verte mejor» «¡Qué orejas más grandes tienes!» «¡Para oírte mejor!» «¡Qué manos más grandes tienes!» «¡Para abrazarte mejor!» «¡Qué nariz más grande tienes!» «¡Para olerte mejor!» «¡Y qué dientes más grandes tienes!» «¡Para comerte mejor!») es uno de los textos más extraordinarios y eróticos jamás escritos sobre la naturaleza del deseo.

Ahora en cambio, gracias a las redes sociales, hablamos con extraños, coqueteamos con extraños, discutimos con extraños e incluso nos hacemos insultar por extraños. Ya no hay extraños, todos estamos, queramos o no, en el mismo barco. Tal vez sea un cambio positivo: un mundo sin extraños, un mundo en que todo el mundo habla con todo el mundo, es un mundo más igualitario.

Y sin embargo estamos más a la defensiva que nunca. Algunas mujeres viven en un agravio permanente y afirman que el siglo XXI será el siglo de la revolución de las mujeres, olvidando que esa revolución ya tuvo lugar.

Logramos el voto para poder elegir a quien nos gobierna, logramos la píldora para poder acostarnos con quien nos diese la gana y finalmente logramos el divorcio para poder largarnos. Esas medidas nos dieron las armas. Lo de ahora no sé qué armas nos va a dar.

¿Vamos a ponerle una multa a un tío si nos toca el culo? Yo francamente prefiero el clásico bofetón de toda la vida. ¿O también los vamos a meter en la cárcel? Al final la cárcel se acabará convirtiendo en un lugar más interesante que el exterior: hombres que te meten mano, raperos, políticos insurrectos...

Los independentistas también se sienten gravemente agraviados, y los antiindependentistas.

Barcelona se ha vuelto más pequeña y resiste porque de vez en cuando se sacude toda la caspa y la rabia que recorre sus calles. Estaba el otro día con una amiga de Nueva York que se ha mudado a Barcelona y a la que le está costando integrarse, y de repente, al salir del bar donde almorzamos, la ciudad, el sol y la calle nos asaltaron con su aliento irresistible de energía y de felicidad, y murmuró: «A pesar de todo, es un lugar extraordinario.»

Un mundo sin extraños es un mundo de iguales. Te arriesgas a que se te coma el lobo feroz, claro. Pero quizá valga la pena correr ese riesgo.

LA VIDA EN UN SELFI
(El Periódico, 28 de marzo de 2018)

Que yo sepa, no existe ni un solo selfi de Kate Moss, probablemente la modelo más importante de la historia, sin duda la mujer más guapa de su época y la que durante casi tres décadas ha decidido, sin pretenderlo, simplemente poniéndosela ella, la ropa (y el estilo, y la actitud) que las demás mujeres del planeta íbamos a desear imitar.

No todas, claro, algunas de mis mejores amigas no tienen ni idea de quién es Kate Moss, ni falta que les hace. Y sin embargo no creo que haya ningún diseñador, aparte de Yves Saint Laurent tal vez, que haya tenido el impacto social y popular de la maravillosa británica.

Hace un par de días, Thierry Frémaux, el director del Festival de Cannes, anunció que a partir de ahora los selfis estarán prohibidos en la alfombra roja porque considera que se trata de una práctica «ridícula y grotesca» (los franceses, siempre tan precisos y mesurados en el uso de los adjetivos) que entorpece el paseo de los actores y de los demás invitados por la alfombra roja, así como la subida de las famosas escaleras.

Puedo imaginar que en efecto los selfis en la alfombra roja de Cannes hayan provocado algún embotellamiento y tal vez incluso algún tropiezo. Hace muchos años, viví en un ático cuyas escaleras se hicieron famosas no solo porque habían sido diseñadas por mi tío Oscar, sino porque Jorge Herralde y Umberto Eco habían estado a punto de romperse la crisma en alguna ocasión al descender por ellas a altas horas de la madrugada durante alguna fiesta.

Yo no soy muy partidaria de los selfis. Creo que el interés y la importancia verdadera de una persona es inversamente proporcional a la cantidad de selfis que se hace. Por otro lado, mientras están entretenidos haciéndose fotos no nos dan la lata a los demás para que nos dejemos fotografiar. Recuerdo que cuando la gente no solo se fotografiaba a sí misma, siempre había algún familiar o amigo pesado insistiendo para hacernos fotos porque «dentro de unos años te hará mucha ilusión tenerlas».

Hoy en día, incluso las fotos de viajes son selfis. En algunas aparece a lo lejos y fuera de foco la Torre Eiffel, la pirámide de Keops o la *Gioconda* y en primer plano el individuo en cuestión sacando la lengua, haciendo algún gesto ridículo con la mano (de paz, de victoria o, el más incomprensible de todos, de ir a tomar por saco) o intentando resultar sexy o profundo (sexy o profundo se es o no se es, toda tentativa en ese sentido es siempre vana, ridícula y grotesca, como diría Thierry Frémaux).

Hemos olvidado tal vez que la verdadera imagen de uno mismo, la que más importa, está en los ojos de la gente que nos quiere, para todo lo demás, lo mejor es recurrir a un fotógrafo profesional.

COMO UNA REINA
(El Periódico, 11 de abril de 2018)

Crecí rodeada de reinas. Por un lado estaban las reinas y las princesas de los cuentos de hadas y de las películas (yo era, soy, muy dada a las ensoñaciones y no es exagerado afirmar que he vivido una gran parte de mi vida, una parte feliz, importante y fértil, en los mundos de la ficción) y, por otro, las reinas de carne y hueso: mi madre, mi abuela, mi tata Marisa, Ana María Matute, Ana María Moix y algunas otras mujeres con las que tuve la fortuna de criarme.

Me consta que no soy una excepción, contrariamente a lo que se suele pensar, abundan las reinas y la mayoría de nosotros nos hemos criado rodeados de más de una.

Todas ellas se comportaban con la gracia, la soltura, la fluidez, la inteligencia, la humildad y la dignidad de una reina. Gracias a ellas, algunos aprendimos muy pronto en qué consiste la elegancia: generosidad, tolerancia, imaginación, discreción, sentido del humor, cortesía.

Las reinas (las de verdad, quiero decir, no las que llevan corona) saben comportarse en todo momento. Las reinas se preocupan más por leer libros que por hacerse retoques de estética para intentar ser más hermosas o parecer más jóvenes. Porque, claro, las reinas saben (porque leen) que son inmortales y que no necesitan recurrir a cosas tan vulgares como el bótox, que no juegan en la liga de la belleza sino en la de la trascendencia. También he conocido a algunos reyes. Suelen ser hombres con poco interés por el dinero, con un agudo sentido de la justicia y del honor y con una incapacidad absoluta para hacer voluntariamente daño a los demás. Como ellas, pasan más tiempo dedicados al estudio o a la lectura que a la caza de elefantes, por decir algo.

En cambio, descubrí hace tiempo que no existen los príncipes azules. Fue un feliz descubrimiento, como cuando Miranda en *La tempestad* de Shakespeare ve por primera vez a un hombre joven y apuesto. Hasta ese momento, extraviada en una isla desierta, el único hombre al que había conocido era Próspero, su anciano y sabio padre. Los hombres de carne y hueso que he encontrado a lo largo de mi vida han resultado ser siempre más interesantes, más complicados, más extraños y más sensibles que todos los príncipes azules de los cuentos y de las películas. Por cierto, las princesas azules tampoco existen (a Dios gracias, la igualdad no ha llegado hasta ahí), aunque haya algún despistado buscándolas en vano.

En fin, que ha sido una *semana horribilis* (como diría la otra) para todas las feministas monárquicas, practicantes y convencidas como yo.

Me queda una duda: ¿existe un máster para ser reina? ¿Lo tendrá Cristina Cifuentes? ¿Y la reina Letizia?

AVICII
(El Periódico, 25 de abril de 2018)

El pasado viernes 20 de abril fallecía en Omán, por causas que todavía no han sido desveladas, el DJ y productor sueco de música electrónica Avicii. Tenía veintiocho años. Había alcanzado la fama y la fortuna a nivel planetario en 2011 con su *hit* «Levels». Colaboró con Madonna y con Coldplay. Llenaba estadios inmensos de gente enfebrecida y entregada. A día de hoy sus canciones han sido descargadas en Spotify millones de veces y la revista *Forbes* calculaba que en 2015 había ganado diecinueve millones de dólares. Se retiró en 2016 a causa del agotamiento, la ansiedad y algunos problemas de salud, entre otros una pancreatitis aguda derivada del excesivo consumo de alcohol.

Todo esto, su fulgurante y feliz ascenso a la fama, su agotamiento y la posterior decisión de retirarse y dejar el mundo de las actuaciones en vivo para descansar y seguir creando música de un modo más tranquilo, lo cuenta él mismo en un magnífico documental titulado *Avicii. True Stories*.

Hasta el pasado viernes, yo no sabía quién era Avicii. No me interesan demasiado la música electrónica ni el mundo de los DJ y de los macroconciertos. Y sin embargo había algo en las decenas de fotos del artista que aparecieron en la prensa después de su muerte que me llamó la atención. Aquel rostro extraordinariamente bello, felino y delicado, viril e infantil a la vez, sin tener ningún parecido con ellos, me hizo pensar en otros rostros. Me recordó a Amy Winehouse y también a Marilyn.

Hay gente que no está blindada, son reconocibles al instante, sin ninguna posibilidad de error, es como si les faltase una capa de piel que los demás sí tenemos, personas que no han sabido o no han podido o no han querido construir ningún muro efectivo entre ellos y el mundo.

Amy Winehouse era así, Marilyn Monroe también. Y Avicii. Hay en ellos una vulnerabilidad particular, una forma de inclinar la cabeza como recogiéndola, una mirada un poco triste y lejana, una dificultad para vivir, una delicadeza de animal de bosque en la forma de moverse. Transmiten la pureza, la fragilidad y la luz irresistible de todo lo nuevo y perecedero. La pureza (no el candor) es una de las pocas cosas que no se pueden ni aprender ni imitar. No está muy de moda en la actualidad, hoy todo el mundo va armado hasta los dientes, es bastante desagradable y feo.

Ante estos casos, siempre pienso (con cierta ingenuidad, tal vez) que si alguien sensato, adulto y con un poco de paciencia se hubiese cruzado con uno de estos seres, se los hubiese llevado a casa, les hubiese preparado una sopa de arroz, les hubiese asegurado que todo iba a ir bien (porque casi siempre va todo bien) y les hubiese arropado, tal vez habrían podido salvarse, aunque solo fuese durante un rato más.

INIESTA
(El Periódico, 2 de mayo de 2018)

Gracias a mis hijos me he vuelto bastante futbolera, es una de las muchas cosas que agradezco a la maternidad. A pesar de pertenecer a una familia de culés de toda la vida, nunca había entendido nada de fútbol hasta que mis hijos me lo explicaron; con el amor me ocurrió algo parecido.

Hace unos días, Iniesta anunciaba su retirada del Barça. He visto ya algunas despedidas futbolísticas y en ellas siempre hay emoción, congoja, lágrimas apenas contenidas, balbuceos, miradas al infinito, sentidos agradecimientos y profundas consideraciones sobre el paso del tiempo y el sentido de la vida.

Me dan un poco de envidia. No es solo que nadie (ni novios, ni amigos, ni familiares) se haya despedido nunca de mí con tanta efusividad, es que en la profesión a la que dedico el tiempo libre sería impensable una manifestación de este tipo.

Ningún escritor ni ningún artista se ha despedido jamás así de su oficio. No recuerdo que Miguel Delibes o Philip Roth convocasen a los medios para anunciar que ya no iban a escribir más novelas. Tampoco lo hizo Ingmar Bergman. Y Jack Nicholson, el mejor actor del siglo, no ha anunciado que dejaba la interpretación. Tal vez sea porque un escritor escribe a solas y en silencio y por lo tanto su deber es despedirse igual, o porque escribir es un acto tan íntimo a veces, tan esencial, tan pegado a lo que uno es que renunciar a ello en público resultaría insoportablemente impúdico. También es porque en general los escritores no se retiran. Es tan difícil reconocer que no tienes fuerzas mentales para escribir una buena novela como reconocer que ya no puedes darle a un balón con la fuerza, la gracia, la sutileza y la precisión de antaño. Solo los muy grandes lo reconocen y osan mirarse en ese espejo terrorífico.

A mí, la verdad, que se vaya un futbolista que ya lo ha hecho todo no me da demasiada pena. Menos si fuese Messi, claro, pero Messi es otra historia en todo, Messi es tan grande que incluso ha logrado que no le tengan envidia. Eso es impensable en el ámbito literario, mucho más salvaje y competitivo que el del fútbol. Una vez me lamenté un poco de la competitividad del mundo editorial con un famoso escritor y este me respondió: «Tienes que entender que en este plato solo hay tres naranjas y que todo el mundo las quiere.» Y yo le respondí: «Si al menos fuese un Jaguar antiguo, pero tres naranjas...» Él, con muy buen criterio, ignoró mi comentario y siguió hablando de su libro.

Tiene mucho mérito decidir irse, lo fácil siempre es quedarse. Y después hay alguna gente, poca, que aunque se vaya, está siempre. Yo no sé mucho de fútbol, pero dicen mis hijos que Iniesta es uno de esos.

«BORG VS. MCENROE»: UNA HISTORIA DE AMOR
(El Periódico, 23 de mayo de 2018)

Hace unos días estrenaron la película *Borg vs. McEnroe.* El tenis, así como el fútbol cuando juega Messi, el atletismo y la natación son los únicos deportes que me gustan y que puedo seguir sin ponerme a pensar inmediatamente en el pomo de la puerta de mi casa que lleva un mes roto, en los viajes que me gustaría hacer o en si sería mejor ordenar la biblioteca alfabéticamente o según la nacionalidad de los autores.

La película es apasionante, incluso para alguien a quien el tenis no interese en absoluto. Narra el campeonato de Wimbledon de 1980 y la celebérrima final que enfrentó a Björn Borg y John McEnroe. No recuerdo haberla visto en su día, lo más probable es que la siguiera recostada sobre mi abuelo con Kundry, su perrita teckel, a nuestros pies, los tres en silencio y concentrados. Es posible que él fuese con Borg, pero no hay duda de que yo iba con McEnroe.

Borg ya era una leyenda. Había conquistado un montón de títulos del Grand Slam, llegaría a conseguir once, era el jugador más joven en haber ganado Roland Garros y Wimbledon, con dieciocho y veinte años respectivamente. Las mujeres le adoraban. Era considerado uno de los tenistas más importantes de la historia y el mejor deportista sueco de todos los tiempos. Era rico, guapo y famoso. Tenía veinticinco años.

Y entonces llegó McEnroe. Más feo y sin embargo más guapo. Más temperamental también, iracundo. Si Borg era una máquina en la pista, McEnroe era una bestia. Borg era un maníaco, pero McEnroe era un chalado y un psicópata. El norteamericano se desgañitaba, insultaba, se desesperaba, se peleaba con los jueces de línea y con el público y rompía raquetas. También jugaba al tenis. Borg y McEnroe no podían ser más distintos y se reconocieron al instante. Estaban hechos el uno para el otro. Las únicas parejas posibles son las parejas improbables, lo sabe todo el mundo.

En la película, los fragmentos en los que sale Borg parecen una película de Ingmar Bergman y los de McEnroe un videoclip de Los Ramones. Y sin embargo Borg reconoce en McEnroe al niño apasionado que fue y McEnroe en Borg al maestro.

Borg vs. McEnroe es la historia de una competición, pero es también la historia del principio de una historia de amor, o de amistad, que es lo mismo. Tiene todos los elementos de la pasión: la fascinación por el otro, el miedo, el misterio, la obsesión, el reconocimiento. También el deseo de posesión y de aniquilación.

La final de aquel año la ganó quien debía ganarla. Se volvieron a enfrentar al año siguiente y también ganó quien lo merecía. Porque, a veces, las historias de amor acaban bien.

UN CUENTO DE HADAS
(El Periódico, 30 de mayo de 2018)

No es cierto que no existan los cuentos de hadas en la vida real, pero sus protagonistas suelen ser personas de carne y hueso. El sábado pasado, en París, Mamoudou Gassama, un inmigrante de Mali sin papeles llegado a Francia hace apenas un año en circunstancias muy difíciles, paseaba con su novia buscando un bar donde poder ver la final de la Champions. Al pasar por una calle se fijó en que había un grupo de personas muy alarmadas mirando en dirección a un edificio, levantó la vista y descubrió que de un balcón de la cuarta planta colgaba un crío pequeño que estaba a punto de caer al vacío. Sin pensárselo dos veces, se encaramó al inmueble y trepó por su fachada hasta llegar a la altura del niño, agarrarlo y meterlo de nuevo en el interior de la vivienda mientras los transeúntes aplaudían y le vitoreaban. Naturalmente alguien grabó toda la escena con un móvil y al cabo de pocas horas Mamoudou Gassama se había convertido en un héroe nacional.

El padre del niño había dejado a su hijo solo en casa para ir a hacer recados y al salir del súper se había despistado jugando a Pokémon Go.

Al día siguiente Anne Hidalgo, la alcaldesa de París, llamó personalmente a Mamoudou Gassama para darle las gracias y el lunes fue recibido por Emmanuel Macron en el Elíseo. El presidente le entregó una condecoración al valor, le ofreció la nacionalidad francesa e incluso le propuso empezar a trabajar en el cuerpo de bomberos de París.

Todo en esta historia parece sacado de un cuento infantil: el padre que se despista jugando a Pokémon Go, la increíble hazaña de un superhéroe humilde y desinteresado, la invitación a tomar el té con el presidente en un salón forrado de oro, la recompensa y la oferta de trabajo en el cuerpo de bomberos de París. A veces la vida real es muy naíf.

Tal vez estemos un poco cansados de oír hablar de castigos: castigos a los corruptos, castigos a los insurrectos, castigos a los desgraciados que hace veinte años osaron tocarle el culo a una muchacha o insinuarse zafia y torpemente a un empleado. Qué gris y triste resulta un mundo de acusadores, de justicieros y de lapidadores.

Y entonces llega la gesta bondadosa, valiente y luminosa de Gassama y nos convertimos en un dibujo de Sempé o en una película de Capra. Yo no creo que los seres humanos seamos malvados, tal vez seamos un poco idiotas, pero malvados no. Hay excepciones, claro, pero me parece que en general nos rige el deseo de hacer el bien y que la mayoría de la gente, cuando puede elegir, elige la benevolencia, casi como un acto reflejo.

Los actos de bondad como el de Mamoudou Gassama dimensionan el mundo y lo devuelven a su verdadero tamaño: el del ciudadano de a pie.

RAJOY
(El Periódico, 6 de junio de 2018)

Rajoy, despidiéndose el martes de la presidencia de su partido y poniéndose a su disposición, volvió a ser él mismo, el viejo Rajoy que conocemos por haberle visto miles de veces en televisión, el político del PP, el presidente (ahora expresidente) de España. Pero hubo un espacio de tiempo, la semana pasada, después de darse cuenta de que la moción de censura iba a salir adelante y de que había perdido la presidencia de su país, que dejamos de saber quién era (y dónde estaba) Mariano Rajoy. Tal vez ni él mismo lo sabía.

Quizá haya que luchar hasta el final por las cosas que a uno le importan, pero también hay que saber darse por vencido, retirarse a los cuarteles de invierno y esperar a la siguiente batalla y al siguiente estremecimiento.

Criticaron mucho a Rajoy por no quedarse en su escaño para ser testigo de su propia decapitación, pero tal vez hizo lo correcto: apartarse, esconderse, no convertir su do-

lor y su estupefacción en un espectáculo. Los que le criticaron fueron precisamente los que mercadean y venden sus emociones, sus lágrimas y su indignación sin pudor alguno. La única pornografía verdaderamente nociva y obscena es la pornografía emocional.
Rajoy supo que todo estaba perdido, que le habían vencido. Yo también me habría ido a beber con mis amigos. Tal vez después de comer dijo algunas palabras, tal vez empezó a contar batallitas, a convertir el presente que se había acabado tan de sopetón en historia, tal vez brindaron por el trabajo realizado, espero que lo hicieran a pesar de que nunca he votado al PP. Espero que un poco achispados, tristes y contentos se abrazaran y bromearan. Espero que bebiese lo suficiente para anestesiar la pena, el poder no me interesa en absoluto, pero, para alguien con esa pasión, perderlo debe de ser como perder al amor de tu vida. Finalmente, espero que no se despertase con demasiada resaca y que, al sentir el pinchazo de dolor fulminante al recuperar la conciencia y recordar lo que había sucedido el día anterior, hubiese alguien a su lado para apretarle la mano y prepararle un café muy cargado.
Hay una brevísima grabación de Marilyn Monroe saliendo del hospital el 12 de noviembre de 1954. Está sola, únicamente precedida por una enfermera que la guía y le lleva las cosas. Al darse cuenta de que hay cámaras, baja el rostro (tan hermoso y sobrecogedor, transparente y cargado de infancia y de promesas traicionadas como siempre, con o sin maquillaje) e intenta esconderlo en el cuello del abrigo, finalmente logra encontrar refugio en un rincón y se da la vuelta como una niña castigada de cara a la pared. La semana pasada, durante cinco minutos, Rajoy fue Marilyn. Y luego volvió a ser él.

HOMBRES SOBRE HOMBRES
(El Periódico, 13 de junio de 2018)

Hay muchos signos que delatan la tontería masculina, como hay muchas señales que delatan la femenina. Tal vez uno de los más molestos sea el que consiste en la idea de que un hombre por el mero hecho de ser hombre (y heterosexual) no puede opinar sobre la belleza física de otro hombre.

La semana pasada estaba almorzando con unos amigos y a la hora del café el único hombre de la reunión nos preguntó, cuando ya todas las conversaciones serias se habían diluido y entre risas apurábamos copas, cigarrillos y chismorreos, si Pedro Sánchez nos parecía atractivo.

–¡Sí! –exclamaron algunas–. Es guapísimo, tan elegante, tan alto, tan formal.

–¡No! –gritamos otras–. No tiene el menor atractivo, tiene pinta de ir al gimnasio, no tiene peligro.

Y una amiga añadió:

–Es mucho más interesante Emmanuel Macron, empezando por la improbable elección de su mujer, en ese matrimonio seguro que ocurren cosas. Incluso Nicolas Sarkozy. –Y para justificarse al ver nuestras miradas de pavor–: ¡Es imposible que la gran Carla Bruni esté equivocada!

Entonces, dirigiéndome a nuestro amigo, le pregunté:

–¿Y a ti qué te parece Pedro Sánchez? ¿Te gusta?

Se removió incómodo en su silla, dio una calada al puro y respondió:

–Mujer, como comprenderás, yo no puedo opinar. No es mi tema, yo de esto no sé. –Lo dijo ahogando una falsa risotada que significaba: «Mujer, ¿cómo me preguntas eso? ¿No ves que yo soy un machote de verdad, un auténtico semental al que solo le gustan las mujeres y un buen puro?» Pero que en realidad significaba: «Mujer, ¿cómo me preguntas eso? ¿No ves que soy un tipo muy inseguro (y un poco bobo, e incluso, si me apuras, un pelín homófobo) y que tengo pavor a que alguien, en algún lugar de la galaxia, pueda pensar ni por un segundo que soy gay o que alguna vez en la vida pudiese sentirme atraído por un hombre?»

Entonces sentí unas ganas enormes de preguntarle a mi amigo: «Y si se tratase de una silla bonita o de una lámpara, ¿tendrías alguna opinión? ¿O como tampoco te apetece hacerle el amor a la lámpara no puedes opinar sobre la calidad de su luz?»

Después de todo, los seres humanos también somos solo una cuestión de luz: hay gente que desprende una luz de mañana de Reyes y hay otra cuya luz ni siquiera es suficiente para leer el prospecto de un jarabe para la tos.

La homosexualidad sigue siendo un tabú, más para los hombres que para las mujeres, más para los hombres heterosexuales que para los hombres homosexuales. No conseguimos que nuestro amigo, por otro lado un hombre sensible e inteligente, nos dijera si Sánchez le parecía guapo o no. Logramos, eso sí, que confesara su aversión por la luz cenital.

LOS HOMBRES QUE AMABAN EL FÚTBOL
(El Periódico, 20 de junio de 2018)

En casa de mi madre se organizaban timbas de póquer los domingos por la tarde. Aquellas partidas eran un asunto muy serio. Los parlanchines eran expulsados sin contemplaciones (recuerdo a mi madre tapándole la boca con celo a José Agustín Goytisolo para que se callase), los jugadores mediocres también (después, eso sí, de haber sido desplumados unas cuantas veces), mientras que los que no jugábamos al póquer desaparecíamos de la faz de la Tierra durante unas horas. Un día, a punto de dar a luz a mi primer hijo, mi madre vino a verme y me pidió que no me pusiese de parto esa noche porque tenía timba y sería un incordio tener que interrumpirla para ir al hospital, naturalmente le obedecí y no rompí aguas hasta el día siguiente a las seis de la mañana.

Había una excepción: Ana María Moix y los partidos del Barça. Cuando había algún partido importante a Ana se le permitía poner la televisión sin volumen y sentarse estratégicamente para poder verla, siempre que no se distrajera y que no comentase el partido. Ana, claro, se distraía, comentaba las jugadas e incluso, algunas veces, a pesar de la indignación medio fingida de mi madre, obligaba a los demás jugadores a levantarse de la mesa y ver las repeticiones con ella.

De momento, y a pesar de las numerosísimas excepciones, el fútbol sigue siendo sobre todo un club de caballeros, como los *gentlemen's clubs* británicos del siglo XIX, que tal vez ahora con la ola feminista se vuelvan a poner de moda.

Hoy en día vivo rodeada de hombres, empezando por mis hijos, que siguen el fútbol con mucho interés, a menudo con pasión, y si bien no he aprendido todavía a amar el fútbol, he aprendido a amar a los hombres que aman el fútbol.

No puedo pasar por delante de un bar donde se retransmita un partido sin echar un vistazo a los señores acodados en la barra, con sus cervezas en la mano y sus ojos clavados en la pantalla.

Creo que en algunos casos lo único que les queda de

la niñez, el único bastión todavía intacto de la persona que fueron, la única rendija por la que penetrar de nuevo en un mundo perdido, es su afición al fútbol.

Veo en mis amigos futboleros el candor, la concentración, el fervor, la alegría desbordante, la indignación y el ensimismamiento un poco enfurruñado de la infancia, la tozudez también, la competitividad y el compañerismo. El otro día un amigo me decía que él ya solo creía que todo era posible en el fútbol. Si quieres saber cómo es un hombre y cómo fue, obsérvale mientras ve un partido de fútbol de su equipo.

HACER EL IDIOTA
(El Periódico, 4 de julio de 2018)

Esta semana ha tocado rasgarse las vestiduras por el indecoroso comportamiento de Maradona en las gradas del Mundial de Rusia. Se han escritos numerosos artículos hablando de su decadencia, algunos muy sesudos y dramáticos acusándole de ser un ególatra, un impresentable y una ruina humana.

Pues bien, tal vez Maradona sea una ruina humana, pero lo más probable es que todos lo acabemos siendo y en el ínterin no habremos jugado al fútbol (ni hecho nada) con el talento extraordinario, la energía y la pasión de Maradona. Seguramente tampoco habremos hecho felices a tantas personas como Maradona (es una buena vara de medir la vida, la felicidad que hemos sido capaces de provocar en los demás). Y conozco a personas muy elegantes y muy delgadas (creo que parte del problema que la gente tiene con Maradona es que está un poco regordete, las mujeres se quejan de discriminación, pero la suya no es nada comparada con la que sufren los gordos y las gordas) que por dentro son absolutas ruinas humanas.

Algunos dicen que está acabado, pero suelen ser los mismos que utilizan el repugnante término *loser* («perdedor» en inglés) para definir a las personas que, según ellos, no han llegado lo bastante lejos en la vida, no han conseguido fama y dinero, dinero sobre todo. Maradona haciendo el idiota en la grada no es más que eso: un tío haciendo el idiota, y no es más grave que eso (y desde luego desde mi punto de vista no esconde ningún simbolismo ni paralelismo con la selección argentina ni con su extraordinario país). Maradona me recuerda a Ava Gardner expulsada del Ritz por hacer pipí en medio del vestíbulo del hotel (o sea, por hacer el idiota). Me recuerda también a Kate Moss siendo crucificada hace diez años por una foto en la que se la veía en un estudio de música preparando unas rayas de cocaína para su novio cantante y sus amigos (o sea, por hacer el idiota y jugar con fuego).

Pero ninguno de los tres, ni Ava, ni Kate, ni Maradona, estaban trabajando, simplemente se dedicaban a hacer el idiota en su tiempo libre, como muchos de nosotros, lo cual es absolutamente lícito. Entiendo que tal vez eso pueda escandalizar en los puritanos Estados Unidos de la actualidad, pero esto es el Mediterráneo, aquí éramos más tolerantes con los vicios ajenos, con los excesos y con el libertinaje.

Yo sé quién es Maradona, es el tío de las jugadas imposibles, el autor del gol del siglo, la mano de Dios. Lo que haga ahora fuera del campo como jugador retirado para soportar la vida (tarea casi imposible a veces) es asunto suyo.

Tal vez deberíamos dejar a la mano de Dios en paz y preocuparnos por hacer algo excitante, útil y apasionante con las nuestras, que solo quedan dos meses de verano.

INGMAR BERGMAN
(El Periódico, 18 de julio de 2018)

Hace unos días se cumplieron cien años del nacimiento de Ingmar Bergman. Con Bergman me ocurre un poco como con los animales, las personas a las que no les gustan me despiertan inmediatas sospechas.

Bergman fue uno de mis ídolos durante la adolescencia. Pasé horas discutiendo con mi profesor de filosofía, un francés inteligente, jovial y seductor que en aquel entonces me parecía un anciano pero que era sin duda más joven de lo que yo soy ahora, que lo consideraba demasiado oscuro y torturado. Monsieur Dupond ya era lo bastante mayor para saber que la felicidad y la alegría son aspiraciones vitales lícitas. A mí, una renacuaja impertinente de catorce años que había nacido y vivido bajo un sol tibio, claro y benevolente, solo me interesaban, porque no las conocía todavía, la penumbra y las profundidades. Leía a Rimbaud y a Camus, escuchaba a Lou Reed y veía las películas de Ingmar Bergman y de Visconti.

Un día que debía de estar especialmente beligerante, me levanté de mi pupitre al acabar la clase, me acerqué a la mesa del profesor y le dije: «Es muy probable que Ingmar Bergman sea un hombre torturado y que sufra mucho, pero en los momentos de intensa felicidad seguro que es mucho más feliz que usted.» Monsieur Dupond no me dio la razón pero tampoco se enfadó. El Liceo Francés de aquella época era un lugar extraordinario.

A los diecisiete años, cuando hice mi primer Interrail, decidí ir a Suecia a conocer a Bergman y convencí a mi mejor amiga para que me acompañara. No conocíamos a nadie y no teníamos ni idea de cómo dar con Bergman, solo sabíamos que vivía en la isla de Farö. Pensamos que ya nos lo encontraríamos por allí. No nos lo encontramos, claro, ni siquiera logramos llegar a su isla, nos gastamos todo el dinero que nos quedaba en dos entradas para ver a los Rolling Stones en Gotemburgo y luego no tuvimos más remedio que regresar.

Desde hace algunas semanas, la Filmoteca de Barcelona está dedicando un ciclo a Ingmar Bergman. El sábado decidimos ir a ver *Fresas salvajes,* mi película favorita. Hacía un día espléndido para ir a la playa y además había un montón de festejos en Barcelona así que pensamos que el cine no estaría muy lleno. Había cola en la calle y la sala estaba repleta de gente de todas las edades. Al final, algunas personas aplaudieron, los demás parecían un poco aturdidos, como si acabaran de despertar de un sueño o regresaran de un lugar muy lejano donde habían tenido vivencias muy importantes. No tengo ni idea de cómo será el mundo dentro de cien o de quinientos años, pero me parece que la gente seguirá metiéndose en el cine un sábado de verano por la tarde para ver *Fresas salvajes.* Creo que a Bergman le hubiese hecho ilusión.

SORAYA
(El Periódico, 12 de septiembre de 2018)

Si hace unos meses me hubiesen preguntado con qué político español me gustaría ir a cenar, habría respondido sin titubear que con Soraya Sáenz de Santamaría. Si me hubiesen preguntado con qué político extranjero, habría respondido, también sin el menor titubeo, que con Angela Merkel.

Jamás he entendido lo de la erótica del poder, pero sí comprendo, comparto y sucumbo con facilidad a la erótica del poder femenino. No a la del poder logrado gracias a un matrimonio ventajoso, a un físico agradecido (aunque reconozco que también eso tiene su mérito) o al hecho de haber nacido en el lugar adecuado. A la del poder puro y duro, el poder peleado con los hombres, cara a cara, en un mundo masculino, sin utilizar más armas que la inteligencia, la ambición, la disciplina, la valentía y la fuerza. (Creo que, sin estas cualidades, lo más alto a lo que puede llegar una mujer en política es a gobernar una ciudad: por alguna razón en la mente de las personas dirigir una ciudad no es algo muy distinto a llevar una casa, un asunto esencialmente doméstico y por lo tanto femenino.) Me gusta que Soraya y Merkel no parezcan en absoluto coquetas. Me gusta que no intenten hacerse las simpáticas, ni defender causas esencialmente femeninas, me gusta que no nos cuenten su vida (hace dos días la exministra de Sanidad, Carmen Montón, en su primera aparición para justificar lo injustificable, ya nos tuvo que contar que estaba embarazada cuando hizo el máster), me gusta que no sean el resultado de ninguna cuota, me gusta que tengan pinta de poder empezar una guerra, y de ganarla.

Tal vez sean ellas las verdaderas feministas, tal vez estemos en deuda con ellas, tengan la ideología que tengan (yo soy de izquierdas, jamás he votado ni tengo intención de votar al PP) y a pesar de no compartirla. Creo que seguramente Margaret Thatcher hizo más por la causa de las mujeres que las que ahora se desgañitan tan a menudo y nos explican (como si fuésemos idiotas nacidos ayer) en qué consiste el feminismo.

Admiro a cualquier mujer que no haya utilizado nunca la excusa de la regla para justificar un arranque de mal humor (yo la utilizo dos o tres veces al día). Admiro a cualquier mujer que no utilice la seducción como instrumento de trabajo. Y en este momento más que nunca admiro a cualquier mujer que se considere la igual de los hombres, sin tener que dar explicaciones, sin declararse feminista, sin contarnos su vida y sus vicisitudes: simplemente tomando el poder, el que más importa, el político y el económico.

Así que, señora Sáenz de Santamaría, si algún día pasa por Barcelona y le apetece ir a tomar una copa, llámeme por favor, será todo un placer.

UN VECINO CON PERRO
(*El Periódico,* 16 de enero de 2019)

Hemos perdido a un vecino del barrio, este barrio arbolado, tranquilo y diáfano, burgués y sin pretensiones, en el que todavía se pueden ver pasar las estaciones simplemente mirando por la ventana y en el que uno (ingenua y estúpidamente) a veces piensa que nada malo puede suceder.

Era un gran editor, pero supongo que la mayoría de la gente con la que se cruzaba por la calle no lo sabía. Casi nunca iba solo, o bien paseaba a su perro o bien arrastraba una maleta, a veces iba acompañado de su bella novia.

El perro confirmaba esa regla de que en general los amos y sus perros se parecen, era grandote, con aspecto bonachón y algo despistado. Era un perro de raza con un impresionante y larguísimo pedigrí pero no era un perro vanidoso (se tambaleaba un poco al caminar, parecía capaz de tumbarse en cualquier momento si algo no le parecía divertido) y no era uno de esos perros cursis y espantosos que solo les gustan a las personas a las que en realidad no les gustan los perros y que habrían debido tener gatos. Era un perro de verdad.

Amo y perro tenían esa elegancia, tan barcelonesa, que consiste en ir un poco desastrado. Los jerséis son de *cashmere* pero tan viejos que están agujereados (a menudo una herencia de los padres), las camisas, de darles tanto uso, han perdido el color original y son de un verde o de un azul desvaído con los puños y los cuellos algo raídos, el calzado es utilitario y pueden llevar los mismos zapatos durante quince años, nunca van peinados, nunca llevan relojes rutilantes. Nada en su aspecto parece nuevo, pero nada parece viejo, como si todo estuviese allí desde siempre, como si Proust ya les hubiese retratado hace cien años. Todos en la familia de mi vecino son así.

Recuerdo a su tío Toni, también editor, cuando venía de visita y uno le preguntaba cómo iba su editorial, siempre respondía: «Mal, fatal», aunque la editorial fuese estupendamente y sus libros se vendiesen como rosquillas. La humildad es una de las formas capitales de la elegancia. Y el sentido del humor.

Recuerdo una vez que me encontré a Claudio y a su perro por la calle. El amo, con la misma pinta de sueño que el perro, llevaba un jersey con un inmenso lamparón en el pecho, se lo señalé riendo, otra persona se habría sentido avergonzada o incómoda, él se echó a reír conmigo y me dijo que al llegar a casa se lo cambiaría, estoy segura de que se olvidó y no lo hizo. De todos modos era el más elegante del barrio. El perro era cariñoso pero sin exagerar, a veces ponía cara de filósofo sabio y a veces parecía un tontorrón loquito (como aparentan siempre los perros juguetones). Ambos parecían buena gente.

¿Quién paseará ahora a su perro?

HOMBRES ELEGANTES
(Foment, 21 de junio de 2017)

Durante una época, el tema de la elegancia y del estilo me preocupó bastante. Por la calle detectaba inmediatamente a la gente bien vestida e intentaba analizar qué era lo que les hacía más elegantes o estilosos que a los demás. También compraba revistas de moda francesas y disfrutaba enormemente mirando las fotos y leyendo los artículos: debo decir que en Francia hay periodistas serios y muy talentosos especializados en moda, lo que no ocurre en todas partes. Me disgustaba ir con gente mal vestida y me parecía incomprensible que algunas de mis amigas no disfrutasen yendo de compras y disfrazándose delante del espejo. Incluso durante un tiempo tuve un blog de moda que gozó de cierta fama. Las entradas sobre elegancia masculina estaban a menudo entre las más celebradas. Poco a poco me fui aburriendo, pero si algo aprendí durante esa época juvenil y un poco frívola es que la elegancia masculina –como la femenina– no es una cuestión física sino mental.

Un hombre elegante lee. Un hombre elegante es generoso y lleva ropa vieja. Un hombre elegante no vocifera en Twitter. Un hombre elegante no usa tirantes ni chalecos, a no ser que sea un hombre elegante corpulento. Los tirantes y los chalecos son las dos únicas prendas que les quedan mejor a los gordos que a los flacos. Un hombre elegante suele ser inteligente, la tontería no es nada chic. Un hombre elegante no hace experimentos con su barba ni con sus patillas. Un hombre elegante ha leído a los novelistas rusos. Un hombre elegante no habla –más– de nacionalismo. Un hombre elegante sabe cambiar la rueda de un coche, sabe hacer arroz a la cubana y no les tiene miedo a los perros. A un hombre elegante le gustan los niños.

A un hombre elegante le gustan las mujeres. La mayoría de los heterosexuales afirma adorar a las mujeres, pero no es cierto: en realidad se sienten más cómodos entre hombres. Un hombre elegante tiene amigas. Un hombre elegante ha leído a Proust. Un hombre elegante jamás come barritas energéticas. Un hombre elegante gasta más en libros que en ropa. Un hombre elegante sabe remangarse la camisa, literal y figurativamente. Un hombre elegante no se hace selfis. Un hombre elegante no lleva joyas y tiene sentido del humor. Albert Camus, Samuel Beckett, Miguel Delibes, Ernest Hemingway y Vladimir Nabokov eran hombres elegantes. Si no saben qué ponerse para resultar elegantes, imítenlos, o mejor todavía: léanlos.

ÍNDICE

Prólogo 7

1. EL MEJOR BAÑO DEL VERANO
   Nada de perder el tiempo 11
   Las segundas veces 12
   Madame Carreras 14
   Aquel señor que me hacía dibujitos 16
   Cuéntame un cuento 17
   Viva la aberración 19
   Todo lo que poseemos 21
   Bailar sola 22
   La verdadera fiesta de Cadaqués 24
   El segundo de silencio 26
   El número cero 27
   Los invitados 29
   La eutanasia intelectual 31
   La escritura y la terapia 32
   Natalia Ginzburg 34
   ¿Leer es sexy? 35
   Leer en pareja 37
   Seremos dioses 39
   Consejos 40

Solo una tumba. 42
Las botellas vacías 44
Va a pasar algo 45
Las casas viejas. 47
Otelo. 49
Los manuscritos 50
¿Salgo yo? 52
Dîner en ville 54
Coco 55
Proust y el *procés* 57
Y usted, ¿ha leído el *Quijote?* 59
La convalecencia 60
La verdadera historia de *Olvidado Rey Gudú* . . . 62
El libro del otoño 64
El mejor baño del verano 65
¿Cuántas palabras tienes? 67
Cuéntame una historia de amor 68
El próximo *Cien años de soledad*. 70

2. LOS FINALES FELICES
El roce y el cariño 75
Ada al volante 76
Polònia en Cadaqués 78
Ya soy del Barça 80
Feliz año 81
Prefiero a las personas 83
Todos somos mapas 84
Las cosas como son 86
No siempre gana la banca 88
Yo, tú, usted 89
El verano de los valientes. 91
El regalo de nuestros hijos 92
El beso 94

El ciclo de la vida	96
Los puzles	97
Cumpleaños	99
Navidad	101
Comer, amar, jugar al fútbol	102
Baja los pies de la silla	104
El amor y el aburrimiento	106
La deuda	107
Los desconocidos	109
Mi casa	111
Abril	112
La señora de la calle Anglí	114
Las Ramblas	116
La herencia	117
Las pompas de jabón	119
Las noches blancas	120
Septiembre	122
Barcelona	124
Una ciudad donde ser feliz	125
Señora	127
Los días en suspenso	129
La realidad y la actualidad	130
Harta	132
Hablar del tiempo	134
Por curiosidad	135
Los finales felices	137
Los gestos del otoño	139
Los odios preconcebidos	140
Las mejores madres del mundo	142

3. PROUST TIENE PRISA

En busca de la camiseta de Zlatan	147
Mírame como si fuese Messi	148

¿Que se mueran las feas?	150
Ya no tenemos que hablar	152
Leonard Cohen y tú	153
Monsieur Mas	155
Proust tiene prisa.	157
Los pingüinos	158
Salvemos el sexo	160
Era inteligentísimo	162
Los uniformes mentales	163
Barenboim	165
San Valentín	167
Hablar con extraños	168
La vida en un selfi	170
Como una reina	172
Avicii	173
Iniesta	175
Borg vs. McEnroe: una historia de amor	177
Un cuento de hadas	178
Rajoy	180
Hombres sobre hombres	182
Los hombres que amaban el fútbol	183
Hacer el idiota	185
Ingmar Bergman	187
Soraya	188
Un vecino con perro	190
Hombres elegantes	192